sms
story

Éditrice-conseil : Pascale Morin
Infographiste : Johanne Lemay
Révision : Élyse-Andrée Héroux
Correction : Céline Vangheluwe

DISTRIBUTEUR EXCLUSIF :

Messageries de presse Benjamin
101, rue Henry-Bessemer
Bois-des-Filion, Québec, J6Z 4S9
Téléphone : 450-621-8167

02-14

Charron Éditeur inc.
1055, boul. René-Lévesque Est, bureau 205
Montréal, Québec, H2L 4S5
Téléphone : 514-523-1182

Dépôt légal : 2014
Bibliothèque et Archives nationales
du Québec

ISBN 978-2-924259-42-9

Gouvernement du Québec –
Programme de crédit d'impôt
pour l'édition de livres – Gestion
SODEC – www.sodec.gouv.qc.ca

L'Éditeur bénéficie du soutien de
la Société de développement des
entreprises culturelles du Québec
pour son programme d'édition.

Nous reconnaissons l'aide
financière du gouvernement du
Canada par l'entremise du Fonds
du livre du Canada pour nos
activités d'édition.

CATHERINE
BRIAT

sms
story

ROMAN

RECTO
VERSO

Une société de Québecor Média

Chapitre premier

« Mercredi 7, dîner table 7, chambre 47, Paris 7 ; il est 7 heures, terrible envie de faire l'amour avec vous... »

Alors qu'il s'apprête à descendre les marches du métro Solférino, Matts entend un discret bip-bip, un petit bruit étouffé qui le fait sursauter. Au même instant quelque chose vibre contre sa poitrine. Le sommeil embrume encore son esprit. Il s'immobilise juste devant la porte de verre à double battant et regarde autour de lui. Mais non, ce ne peut plus être le réveil puisqu'il est dehors. Sans se soucier des gens pressés qui entrent, sortent et le bousculent, il palpe sa veste et sort de sa poche intérieure un téléphone portable. L'écran affiche une minuscule enveloppe.

« Mercredi 7, dîner table 7, chambre 47, Paris 7 ; il est 7 heures, terrible envie de faire l'amour avec vous... »

Encore quelques semaines auparavant, Matts ignorait tout des SMS ; il savait tout juste qu'il était désormais possible d'écrire et d'envoyer de courts messages avec son téléphone portable. Et alors ? À quoi cela aurait bien pu lui servir ?

Encore quelques semaines auparavant, Matts attachait peu d'importance à son téléphone.

« Mercredi 7, dîner table 7, chambre 47, Paris 7 ; il est 7 heures, terrible envie de faire l'amour avec vous… »

Cet homme, qui avance vers l'escalier mobile sans quitter des yeux son téléphone portable, vient d'avoir 55 ans. Il se sent jeune. Dans son corps et dans sa tête. Seul son visage a été durement marqué par les années. Des années au service des autres, et aujourd'hui des rides profondes témoignent de cette existence sans repos, sans relâche. Il est robuste, résistant, les épaules larges, de très grandes mains. Un homme élégant aussi, qui a le souci des harmonies vestimentaires, des chaussures toujours impeccables, des beaux tissus italiens, qui préfère les chemises unies, blanches ou roses. Une élégance sans sophistication.

« Mercredi 7, dîner table 7, chambre 47, paris 7 ; il est 7 heures, terrible envie de faire l'amour avec vous… »

Matts est arrivé sur le quai, il lit et relit le message.

Plus rien n'existe en dehors de ces quelques mots sur son écran. Les rames se succèdent, les portes s'ouvrent et se referment juste sous son nez et Matts reste pétrifié, hypnotisé par une autre porte qui, elle aussi, vient de s'ouvrir devant lui. Celle-là ne l'amènera pas jusqu'à Nanterre Défense mais vers un nouveau monde.

« Mercredi 7, dîner table 7, chambre 47, Paris 7 ; il est 7 heures, terrible envie de faire l'amour avec vous... »

Un bip-bip, une enveloppe sur un écran... et rien ne sera plus jamais comme avant. L'homme ferme les yeux. Il tente de contrôler un vertige qui soudain prend le pas sur l'excitation et la curiosité. Il se sait vulnérable, en danger, comme l'époque, désormais suspendue entre feu les Twin Towers, et pouvant basculer en une fraction de seconde.

Ce mercredi 7, à 7 heures du matin, Matts comprend qu'il ne pourra plus quitter son téléphone portable devenu, en un éclair de temps, l'inséparable ami, le messager d'un amour naissant, porteur d'une vie nouvelle. Il sera son complice et l'unique témoin de cet amour qui surgit.

« Que dois-je faire, se demande-t-il, l'appeler ? lui répondre ? lui envoyer un SMS ? »

Envoyer un SMS ? Ce n'est pas dans ses habitudes, il préfère téléphoner.

Matts se décide enfin à monter dans la rame, son téléphone dans sa main droite. Nécessité de garder le contact. Déjà ce besoin impérieux d'être rassuré en permanence. Il est là, contre lui, connecté, prêt à vibrer avec lui, à recevoir de nouveaux messages. SMS. Lire. Le message est toujours là.

9

« Mercredi 7, dîner table 7, chambre 47, Paris 7 ; il est 7 heures, terrible envie de faire l'amour avec vous... »

Terrible envie de faire l'amour avec vous... terrible envie de faire l'amour avec vous... terrible envie de faire l'amour avec vous... avec vous... avec vous... vous.

Utilisé dans une déclaration aussi directe, ce vouvoiement le trouble profondément.

Depuis plusieurs années déjà, il mène une vie de nomade, comme ces nomades modernes qui, à force de mouvement perpétuel, ne savent plus après quoi ils courent. Il habite à Avignon mais son travail l'oblige à venir chaque semaine à Paris. Trains à grande vitesse, ordinateur et téléphone le suivent partout et le rendent insaisissable, lui permettant d'échapper au contrôle de quiconque voudrait exercer une emprise sur lui. Il est libre, libre d'avoir plusieurs vies, il est partout et nulle part à la fois.

Il est encore tôt lorsqu'il pénètre dans le hall d'un immeuble entièrement vitré. Verre, miroirs et acier brut. L'ascenseur sent le tabac froid. Réception aux murs ornés de lithographies impersonnelles venant juste apporter quelques touches de couleurs vives dans cette ambiance très terne.

« Terrible envie de faire l'amour avec vous... »

Premier rendez-vous de la journée, Matts se concentre. Il doit convaincre et gagner la partie. Faire pencher la balance en sa faveur. Les enjeux sont importants et il a une revanche à prendre.

« Terrible envie… »

Se remettant difficilement de la liquidation de sa dernière entreprise, il commence seulement à remonter la pente, à retrouver existence et reconnaissance professionnelles. L'échec est une faute, il a fallu payer, et payer cher.

« … de faire l'amour… »

Il argumente. Parle doucement pour qu'on l'écoute, pose sa voix.

« … de faire l'amour avec vous… »

Dans sa poche, sa main caresse machinalement le petit boîtier métallisé.

Au sortir de sa réunion, il n'en peut plus ; il doit absolument faire quelque chose avec ce téléphone ; incapable de répondre par écrit à son message, il décide d'appeler Marianne ; il veut juste entendre sa voix.

— Allo, c'est Matts… Comment allez-vous, Marianne ? Je ne vous dérange pas j'espère ?

Il s'arrête, suspend son souffle, attend la voix qui ne vient pas.

— Je vais très bien, juste un peu fatiguée peut-être, répond-elle enfin, d'une voix sereine et douce.

Et la conversation s'enclenche, sur des riens qui n'intéressent ni l'un ni l'autre. Aucun des deux n'ose évoquer le SMS matinal, le premier, l'originel, celui dont chacun sait qu'il est venu marquer de quelques mots définitifs le début d'une relation improbable.

Cette nuit est encore bien trop présente dans leur corps ; Matts et Marianne sont toujours dans l'ivresse de leurs odeurs, ces parfums de vétiver venus se mêler à ceux de la rose et du patchouli. Ivresse des peaux, des caresses, de ces tendresses si intenses pour une première fois. Parler de cette nuit aurait risqué de percer cette enveloppe de bonheur qu'ils ont immédiatement et si naturellement créée et qu'ils n'ont déjà plus envie de quitter.

Les amants le savent bien ; il ne faut pas parler... à peine écrire, à peine un SMS.

La bulle est fragile, elle doit rester intacte.

Chapitre 2

« Je m'en vais ; j'ai pris ce que j'avais à prendre ; je ne reviendrai plus. »

Un an avant, lundi 10 mars. Ce court message pour clore définitivement dix-sept ans de vie commune. Envoyé par Marianne à son mari parti pour La Rochelle rendre visite aux vieilles tantes argentées. Luc M., si sûr de lui, pensant que le monde est à ses pieds et prêt à lui obéir à tout instant, fort de sa superbe, ivre de ses chantages et de ses manipulations, subitement piégé ; ces quelques mots s'affichent sur son écran et son monde va s'écrouler ; c'est fait… elle est partie.

Depuis trois ans Marianne et Luc M. vivaient une vie parallèle et destructrice, banale histoire d'un couple qui n'arrivait plus à évoluer ensemble ; ensemble c'est tout, mais ce n'était plus suffisant. Il fallait être capable de se réinventer. Marianne avait 40 ans, la vie devant elle, des projets plein la tête. Leurs deux enfants étaient encore jeunes, leurs amis partis aux quatre coins du monde, des opportunités de vivre ailleurs et autrement se présentaient tous les jours. Mais Luc M. était incapable de se défaire de cette inertie de vieux taureau, qui avait fini par le paralyser et l'enfoncer dans ses certitudes. Marianne n'était pas une velléitaire ; elle a toujours fait ce qu'elle disait et toujours dit ce qu'elle faisait. Encore aurait-il fallu l'écouter d'abord, la croire ensuite.

« Tu rêves d'une autre vie, comme toutes les femmes avec leur tête de midinette ; mais tu es ma femme ; tu le resteras. » En prononçant ces phrases, Luc M. les imaginait sans appel ; il était tellement convaincu de ses paroles, la loi pour lui et c'était suffisant. Sans cesse il la menaçait : « Si tu pars, c'est l'abandon de domicile conjugal, tu es au courant ? » Et le tour était joué... Circulez, y a rien à dire, la vie continue, l'incident est clos.

Marianne était une femme de son époque. Maman câlin le matin, manager bulldozer la journée, re-maman caresses tendresse le soir avant le coucher, amante aimante la nuit... Groggy au lever du soleil, épuisée parfois, au bord de la crise de nerfs rarement. Sans oublier cuisinière-hôtesse de grands dîners arrosés et chaleureux, organisatrice de réceptions de famille, de vacances, de voyages, de goûters d'enfants, de baptêmes, d'anniversaires de mariage au cap Ferrat ou à Taormine, et parce qu'il restait encore des cases à remplir, accro modérée du shopping, beaucoup plus du cinéma et des opéras de Mozart. Marianne était comblée, dans une vie débordante, remplie à ras bord, n'ayant que le temps mécanique de courtes pauses pour s'arrêter un peu sur elle et s'interroger le cas échéant. Comme beaucoup de femmes de sa génération, elle avait gardé un air d'adolescente, jeune dans son corps et dans sa tête. Elle ne quittait jamais, la fin de semaine, la vieille paire de 501 Levi's qu'elle portait quand elle avait 20 ans. Objet fétiche, témoin d'une éternelle jeunesse, d'un corps qui savait se plier aux restrictions, réagir aux exercices pour rester mince et rentrer encore et toujours dans cette enveloppe de denim délavé, usé, démodé mais indéfiniment fidèle, comme si le jour où ce tissu refuserait son corps, elle aurait définitivement tourné la page sur une jeunesse envolée.

Marianne était une grande femme, de la taille de sa génération, celle qui avait gagné des centimètres sur ses parents, enfants de la guerre nourris aux rutabagas et aux tickets de rationnement. Marianne avait été bien nourrie. Robuste, les épaules carrées d'une nageuse, les cuisses musclées. L'allure sportive lui allait bien ; la jupe et le tailleur ne faisaient pas partie de sa garde-robe. Trop rigides pour elle. Impossible de marcher à grands pas. Marianne avait besoin d'ampleur dans ses vêtements et dans sa vie. Des pantalons et des chaussures plates pour les grandes enjambées, du cachemire et de la laine de mérinos pour la chaleur, la légèreté et la douceur. Une femme qui avançait avec aisance et naturel.

La vie devait continuer. Marianne avait annoncé à tous ceux qui voulaient bien l'entendre que depuis des mois son existence était devenue un véritable cauchemar, un enfer. Pour la première fois, elle avait peur ; elle était devenue un animal traqué. Il y a du Dr Jekyll et du Mr Hyde en chacun de nous, elle le savait. Côté

15

face, son mari était un homme élégant, intelligent, cultivé, le gendre idéal, ne vivant qu'à travers son image sociale, garant de la morale bourgeoise, des valeurs «famille et mariage»; côté pile, la rue Saint-Denis, la perversité sadomasochiste, l'homosexualité refoulée, une vision sans appel de la femme qui ne peut être que mère ou putain.

Une nuit, plaquée contre la porte d'entrée de l'appartement familial avec Luc M. face à elle, ivre de paroles, fou de colère, Marianne avait vu dans le regard noir de cet homme cette étincelle meurtrière; paralysée par l'effroi, elle réussit à lui échapper pour se blottir dans le lit de sa fille.

La chambre d'enfants pour ultime refuge.

Dernière frontière avant l'inimaginable.

Aurait-elle pu croire alors que son sauveur allait être ce téléphone, l'unique lien possible avec le monde extérieur, le seul à échapper au contrôle et à l'emprise de Luc M.? Même son ordinateur était violé par ce mari insomniaque, malade de la traque et qui consacrait son temps désespérément vacant à copier courriels et documents qu'il jugeait suspects. Car ce que Marianne n'avait pas encore compris, c'est que depuis bien longtemps Luc M. préparait les pièces pour le dossier du futur divorce.

Petit, en permanence collé au corps de sa propriétaire, ce téléphone portable était devenu l'objet intouchable de son intimité, le seul rendant possible une vie parallèle pour celle qui cherchait une issue à cette dramatique situation.

Et pourtant... Marianne avait été l'une des premières à avoir un portable. Dans les années 1990, elle se rendait souvent en Italie et voyait tous ces gens élégants dotés d'un nouvel accessoire : leur *telefonino* collé à l'oreille. « Ils sont fous ces Italiens, pensait-elle, ils ont encore trouvé un nouveau jouet... »

Alors qu'elle attendait son deuxième enfant, son mari lui offrit pour son anniversaire un portable première génération, lourd, encombrant, vilain. Ne sachant quoi en faire, Marianne le laissait s'abîmer au fond de son sac ; de toute façon, il n'y avait personne avec qui se connecter. Le mobile n'était pas entré dans sa vie.

Quand, quelques années plus tard, Marianne accepta un poste prestigieux à l'étranger – ce qui donna d'ailleurs à Luc M. l'occasion parfaite de se valoriser par épouse interposée dans des cocktails et dîners mondains –, ce téléphone devint un instrument de travail, rien de plus. Plus tard encore, lorsqu'elle revint en France, il allait se transformer en véritable outil de survie.

C'est au cours de la longue période de destruction mutuelle qui la conduisit à cet acte sans retour que Marianne s'était réfugiée dans une relation passionnelle avec son téléphone. Il la suivait partout, dans les toilettes, posé à côté de la douche, sous son oreiller, dans sa poche de peignoir de bain, dans sa trousse à maquillage, en permanence collé à elle. Son mari avait bien compris que cet objet était le seul sur lequel il ne pouvait avoir ni prise ni contrôle, qu'il était le gardien des secrets. C'était si insupportable pour lui qu'il réussit un jour à tromper l'opérateur et à faire couper la ligne. Une perversité de plus parmi toutes celles qui n'atteignaient plus Marianne. La fin était proche. Elle savait qu'elle allait s'en sortir, même sans revenus fixes et suffisants, même avec les risques qu'elle prendrait peut-être au regard de la justice ; elle allait partir, ses enfants avec elle. Elle avait au fond d'elle ce courage et cette énergie pour avancer irrémédiablement.

Un jour, l'une de ses amies lui avait envoyé un courriel avec cette phrase de Sénèque : « Ce n'est pas parce que c'est difficile qu'on n'ose pas, c'est parce qu'on n'ose pas que c'est difficile. »

Ce sage de l'Antiquité devait avoir raison. Marianne s'en était fait une conviction.

À La Rochelle, dans cette salle à manger sombre vivant au rythme du balancier de la grosse pendule de parquet, Luc M. ne crut pas ce qu'il lut. Il ne pouvait pas y croire.

« Je m'en vais. Je ne reviendrai plus. »

Surréaliste. Impossible de clore dix-sept ans de vie, de tirer un trait sur un foyer, une vie, des vies, sa vie en quelques lettres. Cherchez l'erreur.

« Je ne suis pas le destinataire, pensa-t-il, ce message n'est pas pour moi. »

Dans les premiers instants qui suivent l'annonce d'une nouvelle bouleversante, on ne comprend pas, on ne peut imaginer que tout désormais ne sera plus jamais comme avant. L'histoire est finie. Et pourtant, Luc M. le savait déjà depuis si longtemps. À cet instant, ce soir-là, il était pétrifié, assommé par le SMS.

Emmuré vivant dans un temps qui venait de s'arrêter.

Immobile face à la pendule, face à sa vieille tante, femme respectable qui avait subi toute sa vie les conduites indignes des hommes de la famille et de son mari, il comprit qu'il avait perdu.

Le 10 mars 2004, pour la première fois de sa vie, Marianne avait osé, envers et contre tout; elle était partie, emmenant ses enfants, quelques affaires, sa fidèle Lancia, son ordinateur piraté et son indispensable téléphone.

Chapitre 3

« Ce sera un raz de marée. »

Comme à la fin de chaque semaine, Matts se retrouva dans le train qui le ramenait à grande vitesse chez lui, au pays du soleil et des accents qui chantent. Installé dans son siège en première classe, sans même réfléchir, il ouvrit son sac pour en retirer l'ordinateur, prêt à lui taper dessus. Matts était le roi de la tartine, capable de débiter au kilomètre des pages entières de notes, de recommandations, d'articles, de courriels. Désormais consultant, il était payé par ses clients pour produire des textes et des idées.

Son ordinateur avait toujours été son premier compagnon de vie. Il ne pouvait s'en séparer que pour ouvrir un bon livre et s'oublier dans une lecture philosophique ou un roman de Gabriel García Márquez.

Pour la première fois, ce jeudi 8 avril, Matts était bloqué; le regard perdu, il ne parvenait pas à s'intéresser à son ordinateur. Il voyait les gens autour de lui sans vraiment les percevoir. Des nomades comme lui qui essayaient de mettre à profit ces heures passées dans le train. Certains dormaient, ne résistant pas au bercement de la rame. D'autres s'affairaient, tête baissée sur leur clavier. Matts était incapable d'écrire une ligne, comme s'il était devenu un handicapé de l'écriture. Une seule chose l'obsédait : son téléphone. À chaque minute, il ouvrait le message de Marianne, le lisait, le relisait et le relisait encore. Incapable de croire qu'elle avait pu lui envoyer de tels mots.

Comment lui, Matts, 55 ans, au bord de la retraite et de la vie de grand-père, avait-il pu conquérir cette femme, jeune, belle, Parisienne mondaine à la pointe de la mode, si à l'aise dans ce monde du paraître qui n'avait jamais été le sien ? Pourquoi avait-elle la veille au soir décidé, à la sortie du restaurant, de tourner à gauche au lieu de partir à droite ? Comment s'était opérée la magie de cette fusion des corps, aussi immédiate que naturelle ? Comment avait-il pu, après ces années d'abstinence, retrouver les gestes et les caresses sans maladresse et sans pudeur ? Toutes ces questions restaient sans réponse. Matts devait se rendre à l'évidence : la nuit dernière était un rêve, un très beau rêve, comme il n'en avait fait depuis bien des années.

Mais ce SMS était là, écrit en toutes lettres ; besoin de vérifier dans l'onglet OPTIONS les détails du message :

De : Marianne L.
Sujet : mercredi 7
Date : 08/04/2004

Heure : 07H00
Type : SMS

Depuis quelques années, Matts était un homme solitaire. Aucune femme dans sa vie si ce n'était son épouse. Les rares nuits qu'il passait encore sous le toit familial, chambre à part ; plus d'intimité commune, plus de vie de couple, mais Matts était un homme marié. Il n'avait jamais envisagé de ne plus l'être.

Il s'était fait une raison ; les femmes ne feraient plus partie de sa vie. Pourtant c'était un homme qui jouissait d'une profonde connivence avec l'univers féminin. Matts aimait les femmes, les respectait, les admirait le plus souvent. Il savait capter chez elles leur beauté véritable, pas celle des bimbos trop maquillées, trop moulées dans leur jean taille basse et le cache-cœur d'ado découvrant des seins refaits. Matts aimait LA femme, ses formes, sa fragilité, sa force, son instinct, son pragmatisme, sa sensibilité tout simplement.

Mais il n'était plus question d'amour, de nuits torrides et sensuelles, de désir de l'autre, de besoin de serrer dans ses bras un corps doux et rond, de caresser une peau de satin, de rechercher le parfum de l'être aimé. Les semaines, les mois et les années avaient passé, Matts était seul, résigné dans la profonde solitude de sa vie d'homme.

Au dernier Nouvel An, il avait pris de vraies résolutions. Il s'était juré de ne plus jamais s'associer, de ne plus tomber amoureux, de consacrer le reste de sa vie aux projets qui lui tenaient peut-être le plus à cœur, pensait-il : partir en Afrique, aider ceux qui

étaient dans la souffrance, retrouver sa vocation première de médecin, être là auprès de ceux qui en avaient
le plus besoin. Mais au fond de lui, il savait bien que ce
projet d'Afrique se ferait sur un échec, celui de sa vie,
de sa carrière. L'Afrique c'est la dernière terre, pas la
promise, mais celle où on l'on finit par échouer pour y
mourir.

Que s'était-il passé la veille ? Non, ce n'était
pas une histoire de coup de foudre avec une créature
surgie de nulle part, rencontrée au détour d'un couloir d'hôtel. Et si c'était tout simplement, s'avouait-il
enfin, la révélation d'une relation qui se construisait
depuis déjà plusieurs mois, à l'insu de ses principaux
protagonistes ?

Sa rencontre avec Marianne ne datait pas de la
veille au soir ; Matts connaissait cette femme depuis
deux ans. À ce moment-là, il était encore le dirigeant
survolté d'une belle entreprise, aspiré par le tourbillon
des affaires, courant après les contrats, les TGV, les
rendez-vous avec les ministres, les dîners mondains et
les événements de financement.

Lorsqu'elle était entrée pour la première fois
dans son bureau, il avait à peine remarqué cette grande
femme blonde – Matts n'avait toujours aimé que les
brunes. Marianne venait conclure un partenariat, mais
le PDG pressé avait délégué le dossier à son principal
collaborateur. Au bout de quelques minutes, il avait
quitté le bureau, oubliant immédiatement ou presque
cette dirigeante de jeune entreprise, pas inintéressante
certes, mais qui ne valait pas la peine qu'on lui accorde
plus que ces quelques minutes.

Marianne avait quant à elle gardé un souvenir très précis de cette première rencontre; sans vraiment s'en rendre compte, elle avait photographié ce face à face éclair avec ce président-directeur général d'une société sans laquelle elle ne pouvait parvenir à développer sa propre entreprise. La belle allure carrée, sportive, dynamique de cet homme l'avait immédiatement frappée; son teint hâlé, son buste, ses épaules et ses mains qu'elle avait dès le premier regard aimées sans le savoir. Elles devaient lui inspirer spontanément sécurité et confiance. Ce jour-là Matts portait une chemise rose. Plus tard, lorsqu'ils évoqueraient ensemble leur première rencontre, Marianne se souviendrait, coïncidence de la vie, que son mari portait aussi une chemise rose le jour où elle l'avait rencontré.

Marianne aimait les hommes féminins, sensibles et créatifs, élégants et distingués. Elle avait toujours eu un faible pour les Italiens; ils portent bien la chemise rose.

Mais Matts ignorait tout du type d'homme qui plaisait à Marianne. Il était tombé dans un coma amoureux. Plus aucune vision claire de rien, ni même de lui à cet instant, dans ce TGV le ramenant au domicile familial après cette folle nuit d'amour encore si vivace dans son corps.

Ce jeudi 8 avril, dans ce train, des questions de toutes sortes se bousculaient dans sa tête; il restait muet, abasourdi, tétanisé. Cloué dans son fauteuil de première classe. Les paysages défilaient à toute allure. Les images étaient floues. Devant lui, sur la tablette, le téléphone muet, pas connecté.

Une seule certitude l'habitait.

« Ce sera un raz de marée. »

Lorsque Marianne prit connaissance, tard dans la nuit, de ce message, avec cette énigmatique formule – « raz de marée » –, elle éprouva ce même sentiment de perplexité que ce jour où, une semaine auparavant, Matts l'avait raccompagnée à sa voiture au sortir d'un dîner. Brusquement, il s'était arrêté, lui avait pris le bras pour la stopper dans sa marche et s'était mis à la regarder fixement dans les yeux.

— Marianne, il est en train de se passer quelque chose.

Interloquée, elle était restée un instant silencieuse; elle voulait prendre congé, mais devait d'abord chercher la réponse la plus adéquate et la moins offensante.

— Je tiens beaucoup trop à notre relation. Elle m'est très précieuse.

Et elle s'engouffra dans sa voiture, laissant Matts sur le trottoir, seul, désemparé, avec déjà le goût amer du regret d'avoir prononcé ces mots.

Effectivement, Marianne tenait beaucoup à cette relation qu'elle entretenait avec Matts; il était le seul homme, dans ce moment si particulier de sa vie, à être disponible, à l'écouter se confier sans la juger. Il était aussi et surtout le seul qui ne portait pas un regard de prédateur sur une future proie. Marianne provoquait le désir des hommes. Trop spontanée, trop sincère, elle leur donnait le sentiment qu'elle pouvait être

disponible. Elle était de cette race de femmes conqué-
rantes, n'avait pas peur de regarder les gens droit dans
les yeux, surtout ceux qui auraient voulu lui faire bais-
ser les paupières par pur désir de domination. Fière,
narcissique, et en même temps si sensible et si fragile.
Marianne aimait les hommes, elle aimait les séduire ;
elle en avait tellement besoin pour exister.

Avec Matts, il en était tout autrement. À aucun
moment depuis ces quelques mois qu'ils se fréquen-
taient régulièrement Marianne n'avait perçu le jeu de la
séduction entre eux. La relation qui se construisait au
fil de ces rencontres était pour elle paisible, sereine,
marquée du sceau de la confiance. Au cours de ces
longs dîners, Marianne racontait tout de sa vie à
Matts ; elle ne faisait aucun secret sur son passé. Ils
n'avaient honte de rien, l'un en face de l'autre, ne
jouaient à aucun jeu. Ils étaient immédiatement entrés
dans une relation de vérité. Ainsi, à mesure qu'ils se
voyaient, ces deux êtres se fondaient dans une bulle
transparente et sincère qui leur apportait déjà beaucoup de bonheur. Matts n'avait peut-être pas conscience
de ce qui était en train de se nouer, Marianne sûrement
pas ; le *timing* était bon – le vent avait tourné et allait
favoriser la rencontre de ces deux êtres.

Quand ils avaient commencé à se voir, Matts et
Marianne venaient tous deux de toucher le fond.
Marianne avait tout quitté, la tête en avant dans le
grand vide ; la société qu'elle avait créée deux ans plus
tôt était au bord du dépôt de bilan et son principal
associé avait disparu, répondant désormais aux abon-
nés absents. Matts, qui avait eu une aventure plus
glorieuse, doté de tous les moyens financiers et des

relations qu'il fallait pour réussir, avait pourtant subi un échec retentissant et foudroyant. En quelques semaines, il se retrouvait dépouillé, accusé et unique responsable face à la procédure judiciaire de liquidation qui avait été enclenchée.

Seul, désespéré, ayant entamé un régime draconien, Matts obéit un jour à une pulsion plus forte que tout : il lui fallait rappeler cette femme dont il savait qu'elle aussi avait tout perdu à cause de la faillite de son entreprise. C'était, pensait-il, le moindre geste qu'il pouvait faire à son égard. Savait-il déjà que ce geste était guidé par une intuition, indicible, irrépressible, venue du fond de son être ?

Plus de serveur, plus d'adresse de courriel valide, ni pour l'un ni pour l'autre. Matts ignorait tout d'elle, ne savait même pas si elle habitait Paris. Il était si loin d'imaginer la tornade qui s'apprêtait à bouleverser sa vie personnelle.

Coup du hasard, après quelques recherches, il retrouva dans ses papiers la carte de Marianne Lefranc sur laquelle figurait un numéro de portable. Avec un peu de chance encore, elle n'aurait pas changé de numéro, à moins que sa société n'ait aussi déposé le bilan.

— Bonjour, c'est Matts Heller, vous êtes Marianne Lefranc ?

— Oui. Bonjour, heureuse de vous entendre, Matts. Comment allez-vous ?

Même au fond du fond, tous les deux avaient cette faculté de rester dignes, la voix claire, on serait même allé jusqu'à dire sereine.

Marianne, ce jour-là, écouta Matts sans le juger, sans avoir aucun mot injuste à son égard. Pourtant, ce n'étaient pas les griefs qui lui manquaient. Mais ses paroles lui allèrent immédiatement droit au cœur ; Matts en ressentit un immense soulagement. Elle ne faisait pas de lui un coupable, un raté juste bon à dilapider les investissements des grands financiers parisiens.

La conversation ne fut pas longue ; très vite ils convinrent d'un rendez-vous pour déjeuner ensemble lors du prochain passage de Matts à Paris.

Ils se retrouvèrent un jour du mois de septembre. C'était l'été indien. Matts était alors à Paris avec sa femme. Il avait menti à cette dernière – déjà – pour se libérer et retrouver Marianne à la terrasse d'une brasserie dans le quartier de Passy. Marianne portait un chemisier noir qu'elle avait comme à son habitude laissé entrouvert, dégageant un décolleté profond sur sa poitrine encore bronzée. Très vite elle se rendit compte que Matts ne parvenait pas à en détourner le regard. Une fois encore elle n'avait pas vraiment mesuré à quel point elle avait le chic pour s'habiller en toute innocence avec provocation. Pour elle, c'était toujours décolleté profond ou col roulé. Pas de col rond, de chemisiers fermés. Trop coincés pour cette femme. Pas de collier non plus ni d'accessoires, seule une fine chaîne en or qui venait faire ressortir subtilement son grain de peau.

En arrivant à cette terrasse, sans aucun avertissement, Matts reçut en pleine figure la vision éblouissante de Marianne. À partir de cet instant, désormais cette image était irrémédiablement imprimée dans son cerveau.

— Je suis content de vous voir, Marianne. Vous avez l'air en forme, dit-il après l'avoir scrutée avec son regard de docteur.

— Vous trouvez? C'est bien, je fais encore illusion.

Ils n'étaient ensemble que depuis quelques minutes et déjà Marianne donnait le ton à la conversation : celui de la transparence, de la confidence.

Elle voyait cet homme pour la troisième fois, la première en tête-à-tête. Elle ne savait rien de lui, pourtant elle se mit immédiatement à lui raconter sa vie, celle des six derniers mois, le cyclone qu'elle avait dû affronter, la fuite du domicile conjugal, la bataille destructrice du divorce, la disparition de son associé, la maladie de son père. Et Matts l'écoutait. La connexion fut immédiate.

Et c'est ainsi que débuta cette longue période au cours de laquelle Matts trouvait de plus en plus de vrais et de faux prétextes pour venir à Paris et avoir le bonheur d'inviter Marianne, à déjeuner d'abord, puis rapidement ce fut à dîner le mardi ou le mercredi, les soirs de la semaine où elle n'avait pas ses enfants et où il était parisien.

C'est Marianne qui décidait; elle appelait ou n'appelait pas. Parfois, ils pouvaient rester des semaines sans se voir et Matts attendait sans oser prendre l'initiative. Il était convaincu que cette femme avait un homme, des hommes dans cette vie parisienne, qu'elle était courtisée dans les soirées et les dîners dont elle raffolait. Il s'était fait d'elle une image mondaine. Peut-être donnait-elle encore l'impression de l'être; les apparences étaient sauves, mais si loin de la réalité de sa vie. Marianne, qui avait toujours adoré sortir, danser, qui aimait le champagne et la nuit, avait perdu sa légèreté d'être. La période n'était plus à la fête. Finies les soirées chez Colombe, les week-ends à Saint-Tropez, les anniversaires chez Castel et à l'Étoile. Depuis sa séparation d'avec Luc M., Marianne affrontait la solitude; les amis d'hier avaient dû subitement perdre son numéro de téléphone: plus personne pour prendre de ses nouvelles, pour l'inviter à dîner.

Elle était en survie, dans un système de débrouille pour faire face à ses échéances financières et préserver pour ses enfants une vie en apparence normale. En survie aussi pour ne pas sombrer dans la dépression, pour parvenir à maintenir le cap, à affronter cette terrible adversité.

Depuis quelques années, Marianne avait trouvé sa recette: s'exploser dans le sport, s'épuiser, souffrir physiquement, se libérer de ses mauvaises énergies. Elle ne pouvait plus s'en passer, c'était tout à la fois son prozac, son stillnox, son exutoire, seul garant d'un équilibre très précaire. L'harmonie physique était devenue primordiale. Marianne s'était mise à donner à son corps une importance qu'elle ne lui avait jamais accordée, parce que le corps était celui qui allait lui redonner force et énergie. À cette époque, elle s'était entourée de vrais « gardes du corps » qui n'étaient là que pour lui faire du bien, que pour s'occuper d'elle. Comme les stars, Marianne avait ses coachs et ses kinés.

La vie avait été pour elle ces dernières années un raz de marée qui avait tout balayé sur son passage. Les déferlantes étaient passées. Le ciel commençait à s'éclaircir. Une page blanche, vierge s'offrait. Un cahier neuf, ouvert, prêt à recevoir un nouvel épisode de vie.

« Ce sera un raz de marée. »

Ce 8 avril, Marianne attendait un appel. Une voix à l'autre bout du fil. Une voix pour dire les mots, pour être là, à côté, de l'autre côté. Tout près. Elle n'avait pas pensé à l'enveloppe à messages. À grande vitesse le réseau peut couper à tout moment. La voix risquait d'être interrompue quand le mot essentiel, celui qu'on veut entendre, qu'on attend, serait dit. Alors Matts avait préféré le petit message, court, brut, définitif, ne se doutant pas qu'il venait, comme Marianne l'avait fait la veille, d'inscrire cette relation naissante dans l'attente perpétuelle des SMS.

Ce 8 avril, Marianne prit conscience de la force de l'événement qui venait de surgir dans sa vie. Une grande vague d'amour. Elle voulait être emportée, pas submergée. Il n'était plus question pour elle de couler.

Chapitre 4

« *Rien ne pourra jamais éteindre la lumière de votre visage, surtout pas les années.* »

Le plus beau message que Marianne ait reçu pour ses 40 ans ; signé de la main d'un poète, un être peu commun, qui n'écrivait jamais. Son art ne s'exprimait pas dans l'écriture ; il connaissait les pinceaux, pas les stylos. Mais pour le soir des 40 ans de sa belle parmi les belles du moment, il voulait être présent, à sa manière, avec sa différence. Il avait pris son téléphone et avait immédiatement trouvé les mots pour ce message qu'il savait important, porteur de sens et d'attachement. Parce que cet homme était un être attachant, avec suffisamment de folie pour être un artiste, un vrai. Une race de grand séducteur ; un œil bleu perçant qui vous fixait quelques instants avant de repartir aussitôt vers de lointains horizons ; un lion superbe et généreux, qui vous échappait en permanence. Marianne avait noué avec cet homme une relation particulière. Ils avaient tous deux succombé à la tentation de la séduction, évidemment ; connu des nuits d'amour fou sans lendemain. Il n'avait jamais été question de lendemain. Riche, célèbre, admiré, il avait toutes les femmes qu'il désirait, plus jeunes, plus belles que Marianne, mais avec elle c'était différent. Ces deux êtres se comprenaient sans se parler, ils devinaient tout l'un de l'autre, étaient très complices, portaient un même regard d'esthète sur le monde. Mais impossible d'aller plus loin : leurs vies étaient inconciliables, ils le savaient bien.

Ces deux êtres communiquaient peu. Pas question de faire naître une dépendance par d'incessants messages. Ils se voyaient quand l'un ou l'autre le décidait et que tous deux étaient disponibles. Des parenthèses de fusion des corps. Dans les bras de cet homme, Marianne se savait respectée, pas aimée ; il n'était pas question d'amour mais de tendresse et de plaisirs partagés.

Quarante ans, le plus bel âge, la moitié de la vie derrière, l'autre moitié de la vie devant… Le milieu, le moment ou jamais d'aller à la rencontre de soi. Pour Marianne, ce fut une date fatidique ; le vrai tournant.

Au cœur du cyclone conjugal, elle avait décidé d'organiser une grande fête. Ce jour-là, elle voulait annoncer haut et fort à la société de ses amis, de sa famille et de ses proches que le couple Luc M. et Marianne était définitivement fini. *Over*. Terminé les grands jeux de dupe, les doubles discours que propageait son mari, le mensonge permanent, les apparences sociales préservées. Marianne assumait, revendiquait, annonçait le discours de vérité.

Comme beaucoup, elle s'était mariée par optimisme. Elle était très jeune.

À l'occasion de cet anniversaire, elle officialisait son divorce.

Par honnêteté.

À chacun de choisir son camp. Et quand, au dernier moment, nombre d'amis conviés avaient réalisé que le mari ne serait pas de la fête, subitement des contretemps avaient empêché leur venue. Dommage, on viendra la prochaine fois, pardonne-nous Marianne.

Matts n'avait pas été invité ; ils se connaissaient encore trop peu à ce moment-là. Au cours de cette période anniversaire, Marianne fréquentait beaucoup son artiste fou. Elle était tombée amoureuse de ce si beau message. Avec lui, elle pouvait assouvir ce terrible besoin de vie, de se sentir vibrer, exister, désirée alors que son quotidien n'était encore que destruction, perte, déchirure, humiliation, peur. Ce n'est que plus tard, quand elle commença à se retrouver, à se reconstruire, après sa fuite, qu'elle eut besoin de se poser, de trouver un peu de calme, de sérénité et surtout de confiance. Et ce ne pouvait plus être avec cet homme. C'était Matts le prochain sur la liste.

Matts, le premier de la nouvelle vie, celle de la renaissance, de l'apaisement, d'une nouvelle énergie décuplée. Après ces terribles épreuves, pas encore terminées mais ouf..., le plus dur était derrière. Marianne sentait au fond d'elle une force qu'elle n'avait jamais ressentie auparavant. Oui, son artiste fou avait raison : les années ne l'avaient pas atteinte, ne l'abîmeraient pas, au contraire. Elle devenait elle-même, dans la plénitude de son être. Avec le temps et l'épreuve des années, Marianne embellissait.

Matts allait pouvoir recueillir et accueillir cette nouvelle femme.

À l'aube de sa nouvelle vie, belle et forte comme elle ne l'avait jamais été.

Cadeau pour Matts.

Chapitre 5

« Avion ok – maillot corail ? »

Très vite après cette première nuit, Matts voulut emmener Marianne quelque part, loin, tester cet amour naissant à l'épreuve du face à face intime. Les yeux dans les yeux pendant de longues journées sans avoir rien d'autre à faire. Aller plus loin dans la connaissance et l'envie de l'autre.

Cette volonté immédiate dès que l'amour vous envahit de le vivre ailleurs, de le séparer du quotidien mais aussi de le confronter aux regards des autres, avait immédiatement conduit Matts à vouloir partir avec elle.

À cette époque du printemps, Matts pensait au Maroc mais avait déjà cette intuition que ce ne serait pas la bonne idée. Il ne connaissait pas encore bien Marianne. C'était elle qui décidait ; elle ne disait jamais non mais avait cette capacité à emmener l'autre dans ses désirs. Elle faisait partie de ces femmes qui cultivent le paradoxe de parler peu dans le quotidien et d'avoir beaucoup de choses à dire dès que l'intimité est là.

Elle aussi avait pensé à s'évader avec son nouvel amoureux, mais n'en avait pas parlé.

— Cela vous plairait, Marianne, d'aller passer quelques jours au Maroc ?

— Oui, évidemment ; au bord de la mer ?

— Vous pensez à Essaouira ?

— Oui, peut-être…

Non, Marianne ne pensait pas du tout à Essaouira. Elle resta néanmoins très polie. Matts comprit immédiatement qu'il devait revoir sa proposition.

Quelques jours plus tard, Marianne, avec sa délicatesse et sa finesse habituelles, raconta à Matts qu'elle avait lu un article dans son magazine féminin préféré à propos d'un week-end dans le sud de l'Italie, dans un endroit de rêve. Discrètement, elle lui mit l'article sous les yeux. Matts le regarda longuement, donna l'impression de s'y intéresser jusqu'à même poser des questions sur le lieu, interrogeant Marianne sur la qualité de l'hôtel alors qu'il savait qu'il n'avait plus qu'à s'exécuter.

Il se souvenait que Marianne lui avait parlé de son maillot de bain corail. Marianne la nageuse, qui investissait dans le matériel de natation, qui en parlait beaucoup ; nager était essentiel, fondamental pour son équilibre. Son préféré était un nageur couleur corail, à la découpe échancrée sur les hanches, un liséré turquoise pour souligner la ligne de la poitrine. Corail et turquoise, les couleurs de la grande bleue, celles qui sublimaient la beauté de Marianne. Matts était impatient de voir sa belle, la chevelure inondée de soleil, avec ce maillot pour seule parure.

Tout était prêt pour le départ.

« *Avion ok – maillot corail ?* » Message compris, message attendu ; les billets étaient donc réservés. Boucler alors vite la valise et la glisser sur le tapis à bagages de l'aéroport. Marianne était à peine perturbée, tout juste excitée. Ce voyage était une évidence.

Quelques jours après, Matts et Marianne s'envolaient pour l'Italie, direction Naples. Matts n'avait pas compris que leur destination finale était une île, ce qui indique, s'il faut le préciser, l'intérêt qu'il avait réellement porté à l'article que lui avait fait lire Marianne. Le bateau le rendait vraiment malade, et il faisait toujours tout pour éviter de poser les pieds sur quoi que ce soit qui flottait. Heureusement, il n'avait rien su de cette aventure nautique qui l'attendait ; il n'avait donc pas eu le temps de s'angoisser. Tout s'enchaîna vite : l'avion, avec quelques moments d'intimité, de contacts différents de ceux auxquels ils étaient habitués, et déjà l'attente des bagages.

Le taxi, avec pour Marianne une première conversation en italien, et pour Matts les premiers sons de cette voix merveilleuse, le débarcadère, la montée dans le ferry et, quelques minutes plus tard, le temps de traverser le golfe de Naples, de passer devant Capri, ils posaient pied à terre à Ischia.

Une arrivée en technicolor. Pluie battante, cohue des véhicules, nuit noire, foule en attente fébrile, chariots débordant de bagages: le charme désordonné et agité de la vie insulaire italienne. En venant dans cet endroit, Marianne ne savait pas qu'elle débarquerait dans l'île du cinéma, là où, dans les glorieuses années 1960, Cinecittà et Hollywood envoyaient leurs équipes de tournage réaliser les plus beaux films de l'époque. Un lieu de rencontres magiques: ici Luchino Visconti et le très beau et jeune garçon nommé Alain Delon; en face, à Capri, Brigitte Bardot et Godard. Marianne était nostalgique de cette époque, les années 1960, celles de Jackie avant Onassis, de *Peau d'âne* avant la Deneuve, des Beatles avant la mort de John Lennon. Du charmant village de Saint-Tropez et de la plage de Pampelonne déserte. Les années de sa naissance, la fin de la guerre froide, Khrouchtchev cédant devant le jeune JFK à Cuba, la nouvelle vague, le nouveau roman… Du nouveau et du renouveau partout, une jeunesse qui éclate. L'Italie lui rappelait l'énergie de cette époque, celle dont elle avait besoin pour vivre; Marianne était amoureuse de ce pays. Quand elle parlait italien, elle ne pouvait être qu'heureuse. La vie devenait belle. Marianne avait les yeux bleus et la peau claire, mais se sentait plus méditerranéenne encore que ces Italiennes aux longs cheveux noirs et aux yeux de braise.

L'hôtel était situé juste en dessous de la Colombaia, qui fut la résidence du grand maître du cinéma italien Visconti; un choc pour Marianne. Elle allait vivre dans cet endroit élu par ce prince entre tous, celui qui offrit au cinéma le plus beau regard sur la beauté du monde et sur sa décadence. *A Ischia cercando*

Visconti. Cette villa où le maître s'enfermait des jours entiers, isolé de tous, avec l'ange blond Helmut, démon de la passion et de la perfection sculpturale.

Une île, l'amour, la beauté : la trilogie était parfaite. Ischia fut un moment de grâce.

Contre toute attente, alors que l'un et l'autre ignoraient même que ce lieu existât, Ischia fut, après le message originel, le moment fondateur de la relation entre Marianne et Matts.

Quatre journées parfaites : rire, aimer, nager, courir, manger, caresser, rêver, parler, dormir, chuchoter, sourire. Le temps infini du face à face, des corps épuisés reprenant énergie dans l'eau encore fraîche, avant de se reposer sous les rayons d'un soleil printanier. Deux êtres habillés en rouge et blanc, leurs silhouettes se découpant sur les fonds azuréens de la mer et du ciel. Des heures à table à se découvrir, à écouter l'autre, à s'enivrer de *vino bianco* de l'île, à déguster les fruits et les légumes qu'offraient à profusion ces riches terres volcaniques.

Matts avait déclaré à Marianne vouloir apprendre son corps par cœur, en mémoriser chaque partie, y compris les plus intimes, une inscription cérébrale pour l'emmener à jamais avec lui. Quatre journées où sa main forte et puissante caresserait infiniment les formes de l'aimée.

Le premier matin, Matts resta sidéré de longues minutes. Il ne dormait pas. Un faible rai de lumière était entré dans la chambre. Une très douce pénombre laissait entrevoir le visage de sa belle endormie. Une respiration profonde, une sérénité. Marianne était là, à quelques centimètres, abandonnée dans son sommeil, les bras écartés, étalant son corps au milieu du lit, laissant à Matts un minuscule espace en bordure. Il aurait voulu la caresser, poser doucement sa bouche dans les creux et les plis de son corps, en bas du cou, en haut des cuisses, au bout de ses pieds; plusieurs fois il esquissa un geste de la main – *stop* –, il était très tôt, elle était encore dans sa nuit.

Matts décida alors de s'habiller pour aller à la rencontre du jour naissant et de laisser Marianne dans son silence, imperturbable. Un short, un t-shirt, et le téléphone dans la poche.

Dehors, il fit quelques pas, quelques mouvements d'étirement et alla s'asseoir sur le petit muret qui bordait l'allée. La pierre était humide et rugueuse; aucune importance. Il éprouvait un besoin immédiat de transcrire ce qu'il ressentait, de le lui dire, tout de suite, immédiatement, spontanément.

Un homme et une femme aux prémices de leur amour.

Un amour à vivre, un amour à écrire. Intuition que cet amour ne pourrait être vécu pleinement, l'écriture devant prendre le relais de la vie, le rêve, celui de l'écriture, et enfin le regret, celui de la nostalgie.

« Aucun matin ne sera plus pareil, vous entre la pénombre et le soleil, entre le réveil et le sommeil, moi vous attendant. »

Intense émotion d'un petit matin pas comme les autres. En écrivant ces quelques mots, Matts eut le sentiment de la première fois; moment inédit de vie, jamais, pensa-t-il, jamais il ne s'était ainsi retrouvé face à lui-même, au début d'un voyage initiatique qui l'emmènerait quoi qu'il advienne à découvrir des contrées intimes encore inconnues.

La vibration du téléphone sortit Marianne de son sommeil profond. À demi consciente, il lui fallut quelques secondes pour comprendre que son homme n'était plus dans la chambre et venait de lui envoyer un message; elle le lirait plus tard.

Et déjà, dès ces premiers instants d'ailleurs partagés en tête-à-tête, ils étaient collés l'un à l'autre, en fusion totale. Matts avait besoin d'un lien permanent et continu avec son amour comme s'il avait déjà peur de le perdre.

Combler avec ces messages le vide d'un éloignement, fût-il de quelques mètres, pour quelques minutes. Dès qu'il la quittait, parce qu'elle dormait encore, qu'elle se préparait dans la salle de bains, qu'elle était descendue au village, le téléphone se mettait à vibrer. Les SMS se suivaient avec une telle régularité que Marianne se mit très vite à les attendre, à les espérer, et vivait l'œil rivé sur ce petit écran quand, en de rares moments, elle était éloignée de son homme.

La bulle amour était totale, totalisante, emmenant les amants sur la planète bonheur. Elle n'était pas encore un piège.

« *Femme et belle le matin dans le lit, sportive et active à midi, star le soir quand vient la nuit.* »

« *Vous aimez la vie, je vous fais croire de nouveau en elle, je voulais la vie, vous en êtes la représentation parfaite.* »

« *Ne changez jamais, c'est un bonheur de vous regarder, de vous caresser, de vous désirer, de vous aimer.* »

« *Ce matin submergé par votre immense beauté, plus tard envoûté par vos yeux et leur clarté.* »

« *Merci de me laisser vous aimer.* »

L'amour *non stop*, en continu, les SMS prenant le relais des caresses et des regards. Messages fusionnels.

Marianne allait très vite devenir accro. Le retour à la vie passait par là ; toujours garder le fil. Matts le comprit à Ischia. Une île bénie des dieux qui avait tout fait pour accompagner nos deux amants au paradis ; il pleuvait la nuit, l'aube était nuageuse, et le soleil arrivait juste à temps pour accueillir Marianne au sortir de son lit et lui souhaiter un bon petit-déjeuner.

Un hôtel quasi désert où leur chambre, à la vue imprenable sur le golfe de Naples, leur avait immédiatement donné une sensation de sérénité, de paix propice à cette intimité qu'ils avaient espérée. Abrité dans une tour génoise magnifiquement restaurée, l'hôtel proposait, au milieu d'une végétation luxuriante, une splendide terrasse en surplomb sur l'infini de la mer. Marianne aimait venir y passer de longs moments. Pour contempler le tout, en conscience de soi et du monde.

Un soir, elle y vint pour assister au coucher du soleil. Seule, une coupe de champagne rosé à la main, elle eut ce sentiment incroyable que ce lieu lui appartenait, que cet endroit était sa maison, celle dont elle avait toujours rêvé, au bord de la mer. Marianne partait déjà dans ses rêves, s'imaginant un an plus tard fêter cet anniversaire avec tous ses amis réunis sur cette terrasse. Elle serait habillée d'une longue robe fluide, en mouvement à la moindre brise, avec des emmanchures américaines dégageant ses belles épaules dorées.

La renaissance de la femme dans les bras et le regard de cet homme. C'est bien ce qui était en train d'arriver à Marianne, aussi banalement que dans les films de série B et aussi merveilleusement que dans ses rêves les plus fous, qui avaient survécu à ces années de doute et d'horreur. Au cours des quelques jours passés dans ce paradis, Marianne renouait avec le goût du bonheur. Elle eut enfin ce sentiment, après des années de souffrance, d'être là où elle devait être – *in the right place at the right time*. Présence apaisante et rassurante, anticipation des désirs de l'autre, Matts était auprès d'elle. Cette histoire était tellement subite, tellement folle. Mais non, elle ne faisait pas fausse route.

Durant le voyage, son visage avait changé, les petites taches de rousseur de sa fine peau de blonde étaient ressorties et lui donnaient une mine gaie. Le soleil lui avait fait cadeau d'un joli teint hâlé, d'une

bouche rouge carmin et d'un sourire encore plus éclatant. Elle avait peu dormi mais dégageait une énergie
communicative. Matts avait embelli ; un visage reposé,
touché par la grâce de ces instants de bonheur. Plus
jamais peut-être les deux amants ne seraient aussi
beaux.

Marianne se sentait désormais prête à rouvrir sa
carapace pour laisser les sentiments revenir, pour se
laisser envahir par les émotions. Le temps de la souffrance pourrait alors recommencer... Il était peut-être
encore un peu tôt.

Le dimanche soir, dans la file d'attente de l'em-
barcadère, Marianne était assise, Matts debout face à
elle ; le bateau avait du retard. La foule encombrée de
ses bagages était nerveuse, électrique, déjà fatiguée par
l'attente et la perspective de reprendre la semaine et ses
activités laborieuses après cette parenthèse insulaire
entre mer et soleil.

Plus que jamais dans sa bulle, oubliant ces gens
qui l'entouraient, Marianne se saisit des deux mains de
Matts, inclina sa tête d'un mouvement vers l'arrière, le
regarda fixement dans les yeux et lui dit alors :

— Vous êtes mon homme.

Chapitre 6

« J'ai brisé la case Tabou, pourquoi ? »

Ischia, c'est fini ; et dire que ce fut l'île du retour de l'amour, du bonheur retrouvé. La redescente sur terre. À peine furent-ils séparés que Marianne fut saisie par l'angoisse. Elle venait de vivre peut-être les plus belles heures de sa vie, et après ? Était-il juste de goûter à un bonheur si parfait et d'avoir aussitôt le sentiment qu'il n'appartenait plus qu'au passé ?

Matts était son homme mais elle n'était pas sa femme. Marianne venait de se laisser emporter dans une relation qu'elle s'était juré de ne jamais vivre : l'adultère, l'homme marié. Trop lourd, trop compliqué, trop de mensonges, de destruction annoncés pour parvenir au possible peu probable. Non, l'homme marié c'était bien le tabou absolu, et la voilà qui venait de le briser la tête la première.

En recevant ce message quelques instants après leur séparation, alors qu'il était dans le taxi qui l'amenait vers la gare, Matts resta perplexe; il eut besoin de l'appeler immédiatement.

— Qu'est-ce que cela veut dire, Marianne? Je ne comprends pas votre message… La case Tabou?

— Je vous expliquerai dès que l'on se reverra. Pour l'instant, vous repartez chez vous, ce n'est pas le moment; nous en parlerons plus tard.

— Marianne, je vous en supplie, ne gâchez pas notre bonheur.

— Matts, vous savez que je suis encore convalescente. J'ai peur après des moments aussi forts, j'ai le vertige. Je n'ai pas le droit de tomber. Je ne sais pas si je pourrai me relever.

— Vous savez que je ne vous ferai jamais aucun mal.

— Oui, je le sais, Matts, mais ce n'est pas tout. On se rappelle plus tard.

Marianne ne comprenait pas encore à ce moment d'où venait cette terrible angoisse. En brisant la case Tabou, elle s'était mise dans la situation d'être celle qu'on quitterait, qu'on abandonnerait. Forcément. Elle restait l'autre repart, dans son autre vie, officielle, légitime.

Depuis toujours, elle avait cherché à échapper, souvent sans le savoir, à cette souffrance originelle. Être quittée, laissée, oubliée. Un syndrome d'abandon éternel qui vous poursuit toute votre vie quand vous n'avez pas grandi entouré d'un amour maternel protecteur, rassurant, présent. La blessure d'enfance de Marianne. L'irréparable.

Elle avait toujours construit sa vie pour partir, pas pour rester; elle n'était pas de celles qui attendent. Au-delà de l'homme marié et pas libre, elle comprit qu'elle allait se mettre avec Matts dans l'irrémédiable position d'attente, la pire, l'insupportable.

Pas pour elle.

Et pourtant c'était fait. Rien n'était conforme à ce quelle avait prévu, à la vision qu'elle avait eue de sa nouvelle vie; elle avait imaginé rencontrer un homme de son âge, libre, avec ou sans enfants – quoique passé la quarantaine, un homme qui n'a pas d'enfants c'est plutôt suspect.

Avec Matts, elle avait tout faux dès le départ: marié et âgé de dix ans de plus qu'elle. Elle savait que la différence d'âge n'est jamais innocente; elle venait de vivre pendant dix-sept ans avec un homme de quatorze ans son aîné. Et rebelote, un vieux, *again*!

«Mais où sont les hommes de mon âge? Où ont-ils disparu?» se demandait Marianne. Cette question l'avait obsédée. Pourquoi ne rencontrait-elle jamais ceux qui comme elle s'étaient initiés à la musique avec les mêmes vinyles des Who et de Led Zeppelin, qui avaient vécu les folles nuits parisiennes du Palace et des Bains avant l'arrivée du sida, mangé des omelettes aux *magic mushrooms* à Kuta Beach et à Koh Samui avant les tsunamis et les bombes des terroristes, traîné dans le quartier des Halles en chemise

Fiorucci et en veste Mugler? À la rue, les quarante-naires... Clairement pas mûrs, éternels adolescents qui n'arrivaient pas à grandir. Une génération pas solidaire, n'ayant pour elle que les divorces et les familles recomposées. Élevés par des mères parties à la conquête de la femme libre et qui avaient fait le plus souvent de leurs fils des immatures ou des homosexuels. Des hommes peu en phase avec les filles de leur âge, la génération de Marianne, la première à avoir voulu tout avoir, la liberté, la carrière, l'argent, le succès, les enfants mais aussi l'homme, le vrai, celui qui assume, qui protège, qui rassure. Difficile équation.

Restait alors la génération d'avant, les trente-naires, mignons et craquants, beaucoup plus à l'aise dans leurs relations avec les filles et tellement attirés par leurs aînées de 40 ans. Ils n'avaient peut-être pas eu les mêmes mères... Mais que faire avec un joli garçon de 30 ans? Totalement improbable pour Marianne. Trop tard. Pas question de se sacrifier pour pouvoir donner à un homme jeune tout ce à quoi il pouvait aspirer et se faire jeter plus tard comme une vieille peau usée trop ridée.

Les trentenaires devaient rester avec les trente-naires, pensait-elle. Elle se sentait trop vieille, incapable désormais d'assouvir le désir d'enfant, plus envie de faire les concessions nécessaires.

Finalement, tout cela avait sa logique; quand même, Matts aurait pu avoir juste quelques années de moins, être divorcé, et la vie aurait été parfaite...

— Qu'est-ce qui se passe, Marianne? Vous ne voulez plus qu'on se voie?

Matts était terrorisé lorsqu'ils se retrouvèrent à nouveau après leur escapade italienne.

— Non, bien sûr que non, mais... nous sommes partis pour l'impossible, n'est-ce pas ?

— Marianne, notre relation n'est pas une histoire de quelques jours. Vous êtes ma rencontre, Marianne, vous comprenez ?

— Oui, et après ?! Le trajet sera si long et si difficile, j'en ai peur, j'en suis même certaine. Vous portez une lourde croix...

— C'est vrai, j'ai un long chemin à parcourir. Vous-même m'avez dit à Ischia : « Partez de vous. » C'est ce que je vais faire.

— Je ne suis pas votre thérapeute.

— Mon amour, ne dites pas de bêtises, vous êtes ma rencontre, la femme que j'ai toujours attendue ma vie durant. Je sais, vous ne me croyez pas quand je vous dis de telles choses. C'est la vérité pourtant. Vous êtes la Femme.

— Je vous crois, mais là n'est pas la question. Je voudrais croire au possible de notre relation, j'ai tellement besoin de me projeter dans le futur, de savoir que je vais pouvoir reconstruire... Je vous l'ai dit, Matts, la page est tournée, elle est blanche, immaculée. Elle n'attend plus que la vie s'y imprime à nouveau. Alors que vous, vous êtes dans le tunnel, tout est opaque, aucune vision de vous-même ici, maintenant, demain. La seule chose qui vous reste, c'est la possibilité de fuite. Vous venez de vous échapper quelques jours de votre réalité. Demain vous allez replonger dans le travail jusqu'à l'*overdose*... Alors je fais quoi ?

— Marianne, je n'ai pas envie de me disputer avec vous. Vous avez raison, mais pas totalement. Je voudrais qu'on en reparle plus tard.

À ce moment, Matts entoura le visage de Marianne de ses mains, lui offrit un regard d'amour comme elle n'en avait jamais reçu encore dans sa vie, en tout cas elle ne s'en souvenait pas. Impossible de parler davantage ; l'émotion était à son comble.

Il posa ses lèvres sur les siennes, lui donna un long baiser, doux, si doux, puis lui murmura à l'oreille :

— Venez, Marianne, je veux vous faire l'amour.

Dès le début de leur relation, Matts et Marianne avaient créé entre eux une intimité profonde ; aucune inhibition. Ils avaient tous deux à la fois un détachement et un naturel très forts, parlaient de leur sexualité sans retenue, capables même d'en rire. Ils avaient aussi cette facilité à exprimer leurs désirs, à demander à l'autre ce qu'il souhaitait, à s'aimer aussi sans se parler, seulement en devinant, et les gestes étaient justes ; jamais un geste de trop ni une caresse de travers. Matts était un homme doux, généreux, privilégiant le plaisir de l'autre ; le contraire du prédateur, du profiteur. Un bonheur pour Marianne qui allait s'épanouir en femme comblée. Depuis le premier jour où elle s'était retrouvée dans les bras de cet homme, elle avait eu terriblement envie de lui, en permanence. Avant Matts, l'artiste avait réveillé en elle le désir, le vrai, celui qui vous prend au plus profond de votre être, loin dans le ventre.

Irrépressible pulsion de vie qu'elle ressentait désormais contre toute attente pour Matts et qui allait constituer le ciment de cette relation vouée à l'impasse.

Dès qu'ils ne faisaient pas l'amour pendant quelques jours, Marianne et Matts se perdaient. Ces amants étaient avant tout des êtres physiques, intuitifs, avec toujours ce besoin de toucher, de sentir l'autre. Faire l'amour leur redonnait ce formidable appétit de vivre qu'ils avaient perdu après ces mois, ces années en déshérence.

Au moment où Marianne commençait à s'habituer à sa nouvelle vie de célibataire, solitaire, autosuffisante, où elle était parvenue à se défaire de sa relation avec l'artiste, à décider qu'elle ne serait plus amoureuse, la voilà qui s'engageait irrémédiablement dans une relation piège pour devenir immédiatement accro.

Matts absent, accro aux SMS. Accro à ce téléphone qui créait le besoin permanent d'une présence quels que soient le lieu et l'heure. Accro à la vie dans l'instant.

Pour Matts, ce n'était déjà plus une dépendance. Son téléphone était devenu l'objet d'une vie rêvée, d'un absolu de vie. Unique témoin de son intimité, il devenait à l'insu même de son propriétaire le confident sans lequel la vie désormais n'était plus possible. À aucun moment, à aucune seconde il ne pouvait s'en détacher, s'éloigner. Le risque était trop grand qu'il soit égaré, confisqué, que Matts soit découvert, démasqué. Carnet à secrets, seul lien possible et permanent avec l'aimée, avec cette autre vie désormais dans la vie, il était Matts, Matts était lui.

I've got you under my skin.

Demain une puce intégrée dans le corps, cachée quelque part dans le bras. Si Matts avait pu définitivement attacher, incruster dans sa peau, sa chair, cette carte SIM... un rêve d'homme bionique. Dommage ! Matts aurait été prêt à être le premier candidat, pour vivre cet amour sous perfusion incessante, en conscience le jour, en inconscience la nuit venue. Pour qu'il envahisse jusqu'à ses rêves, au-delà de la vie éveillée.

Matts présent, dépendant de son corps et de la relation charnelle...

Marianne avait toujours su faire compliqué. Jamais banal.

En faisant l'amour, Matts et Marianne taisaient tout débat, calmaient leurs angoisses, apaisaient leur pulsion de mort. Matts prenait Marianne très fort dans ses bras ; elle aimait cette relation physique et puissante ; ces deux êtres musclés et sportifs parvenaient à allier douceur et énergie, force et tendresse dans une harmonie amoureuse totale. Aux longues caresses succédait une fusion profonde et parfois sauvage qui savait s'éterniser, pour le plus grand plaisir des deux amants. Matts ne se lasserait jamais de la peau de Marianne et elle n'avait qu'un souhait, rester blottie à l'infini dans le creux de ses larges épaules.

Faire l'amour redonnait à Marianne un formidable appétit de vivre ; elle avait toujours faim, envie de dévorer, de s'enivrer.

Matts l'invitait alors à leur restaurant préféré. Dans le 7e arrondissement de Paris, celui des dîners d'avant. Marianne commandait le steak de thon – façon sashimi aller et retour, aimait-elle à préciser au maître d'hôtel – et lui la très classique entrecôte-frites, le tout accompagné d'une bouteille de sauvignon. Au début de leur rencontre, chacun prenait au verre, juste un. Puis peu à peu, avançant dans leur relation et dans leurs discussions, ils commandaient une bouteille, parfois deux. Ils avaient tous deux une vraie résistance à l'alcool. Enivrée, Marianne devenait une grande bavarde, et Matts pensait toujours qu'elle était alors incapable d'écouter. Elle voulait en permanence convaincre l'autre, prononçait des paroles parfois dures, abruptes, personnelles, que jamais personne n'avait osé dire à Matts. Des mots d'une vérité brutale qu'il acceptait d'entendre mais contre lesquels il avait besoin de se rebeller. La conversation devenait de plus en plus animée. Matts la ponctuait régulièrement d'un « tu ne me laisses pas parler, je ne t'écoute plus ». Avec l'alcool arrivait le tutoiement. Marianne alors se taisait, elle écoutait Matts, elle n'était pas d'accord avec lui, pensait qu'il n'avait rien compris à ce qu'elle avait tenté de dire, qu'il déformait sciemment ses propos. Parfois, excédée, les soirs de deuxième bouteille, elle se levait brusquement et quittait la table et le restaurant sans se retourner.

Au cours de ces soirées, le restaurant entier profitait de ce couple si présent, réfugié dans sa bulle et qui égayait la salle d'éclats de rire. Ces dîners passés à s'exclamer, à parler fort, à discuter jusqu'à plus soif étaient des moments forts de bonheur et d'échanges passionnés, de complicité comme ces deux êtres n'en avaient pas vécu depuis fort longtemps.

Nom de code : les soirées sauvignon.

Régulièrement, le lendemain matin, après quelques maigres heures de sommeil, la tête prise dans un étau, Marianne envoyait un SMS de colère à son amant :

« Terminé le sauvignon, j'arrête. »

« Parole d'alcoolique », lui répondait Matts.

Il avait raison ; le soir suivant, ils y étaient encore, devant les mêmes plats et la même bouteille.

Comme si leur bulle avait aussi besoin de cette ivresse pour mieux encore les retirer du monde et les éloigner des autres et de la réalité de la vie, celle de Matts en particulier, cette vie en suspens planant au-dessus de l'autre.

Après un premier soir de folie dionysiaque, de rires jusqu'à perdre haleine, succédait une deuxième soirée plus sombre. Dès que Marianne était fatiguée, sa déprime reprenait le dessus et son moral retombait au plus bas. Elle se sentait piégée dans l'amour, dans cette vie déséquilibrée, cette dépendance annoncée, cette aliénation destructrice.

« Matts, je ne crois pas que nous passerons l'été. »

« Vous avez raison Marianne, je le sens aussi. »

« *Qu'allons-nous faire ?* »

« *Je ne sais pas.* »

« *Je vous l'ai toujours dit Matts, je ne serai pas la numéro 2, jamais.* »

« *Marianne, vous n'êtes pas ma maîtresse, vous êtes ma rencontre, celle que j'ai attendue ma vie durant.* »

« *Je sais mais ce sont des mots.* »

« *J'ai besoin de temps, Marianne.* »

Réponse tellement attendue.

À défaut de s'engager, le discours de fuite permanent de l'homme marié. Tellement peur de perdre sa maîtresse mais tellement incapable par ailleurs de faire évoluer sa situation de couple ; une montagne trop haute, impossible à franchir.

Alors Marianne décida de se raisonner. *Think positive…* Ne deviens pas dépendante, prends le meilleur, profite de ce que cet homme t'apporte et sois libre… Facile à dire. La carapace était ouverte désormais. Elle était tombée à pieds joints dans la case Tabou… L'accoutumance était déjà là ; le sevrage était une souffrance annoncée.

Chapitre 7

« Je ne vous ai pas quittée depuis hier ; j'ai besoin de vous, de vos yeux, de votre peau, de votre odeur. Ces mots ne suffisent plus. »

Les premières semaines, le tourbillon amoureux enivre les amants, la magie des débuts. Si magiques qu'on se retrouve avec les mêmes émotions, à faire et à dire les mêmes bêtises qu'à 18 ans. On a tous le même âge quand on est amoureux. Seule différence, le poids du passé des 40 ans, a fortiori des 50... Au commencement, tout se passe toujours comme dans un nuage d'inconscience et de complicité ravie.

Matts était déjà tellement heureux. Et si malheureux à la fois ; déchiré physiquement, mentalement. Marianne le savait, mais il était encore trop tôt pour en parler. Revivre, prendre tout ce qui est à prendre. Ces deux amants avait tant de temps à rattraper, de sensations à retrouver, de rires à laisser éclater, d'amour à fusionner.

Matts rentrait en lambeaux chaque fin de semaine.

Le doute ne le quittait plus déjà. Où qu'il se trouvât désormais, il se sentait mal; il n'avait plus aucune certitude, il ne savait plus qui il était, il était commandé par quelque chose de plus fort que lui, qui l'emportait jour après jour dans un inconnu angoissant. Cette passion soudaine pour cette femme, ces sentiments inédits qu'il n'avait encore jamais éprouvés lui avaient fait perdre tous ses repères. À chaque seconde, il se sentait prêt à bouleverser le cours de ses jours, et le lendemain celui de sa vie.

Plus de répit pour son téléphone qui devait être allumé en permanence, rechargé la nuit pour ne pas faiblir le jour. Ne pas être oublié, ne pas tomber de la poche, ne pas traîner malencontreusement dans un endroit égaré. Tomber entre des mains ennemies. Une fidélité absolue et sans faille à son maître. Le nouveau doudou, pour lui qui n'en avait jamais eu enfant. Matts n'avait pas eu une enfance heureuse: peu de tendresse, en rivalité avec son frère et son père, étouffé par un amour maternel narcissique. Lourd fardeau posé quelque part, comme s'il ne devait pas interférer avec sa vie d'adulte.

Le téléphone, doudou, unique lien avec l'objet aimé, ne quittait pas sa poche, était en contact permanent avec son corps. Telle est la loi de cette modernité qui offre des nouveaux jouets aux grandes personnes; très vite celles-ci ne peuvent plus s'en passer, elles ont si bien appris à posséder le matériel.

Marianne était moins accrochée, nécessairement. Pas question de devenir dépendante. Et pourtant... Dès que Matts s'en était allé, elle attendait chaque matin son message du jour. Elle était là, le lit défait, à gauche le traversin resté impeccable, à droite, avachi, celui qui avait accueilli la tête de l'unique occupante de la nuit. Marianne n'aimait pas le matin, avait beaucoup de mal à se lever. Péniblement elle sortait de ce lit sans avoir reçu de câlins parce qu'il n'y avait personne à côté d'elle. Elle se sentait seule, intimement. Pas de nuits partagées, pas d'homme dans son lit le matin au réveil, aucune empreinte laissée dans son appartement, aucune trace de cet amour. Ni même celle d'un parfum de vétiver oublié dans les draps.

Elle marchait dans l'appartement. Premier réflexe, aller consulter le téléphone resté sur la table de la cuisine. Regarder si l'enveloppe magique se trouvait là au milieu du petit écran. Regarder si les anges de la nuit étaient passés pour lui remettre un message. Ensuite elle s'en saisissait machinalement et l'emportait avec elle. La journée commençait. Aux toilettes, dans la salle de bains, devant la penderie, devant la théière remplie de thé vert. Le téléphone dans la poche du peignoir de bain jaune parce qu'un jour il avait été inondé par la douche. Il faudrait demander aux ingénieurs s'ils avaient anticipé toutes les situations de vie que ce petit appareil devrait affronter, noyé sous la douche, disparaissant dans les toilettes, éclaboussé par l'eau brûlante de la bouilloire... Les risques étaient grands. Marianne avait décidé d'être prudente.

Pour combler le vide de son absence, Matts l'envahissait de messages.

Merci le SMS ; il avait le mérite d'être court, laconique, sans fioritures. Direct.

Avec le courriel, il faudrait en dire plus, trop.

Et s'appeler, c'était trop difficile ; trop de présence, celle de la voix, celle des silences.

Marianne préférait l'écrit aux paroles. Elle n'arrivait pas à lui parler au téléphone. Très vite elle s'agaçait ; elle n'avait surtout pas envie de connaître cette autre vie. D'entendre Matts lui dire qu'il la rappellerait parce qu'il ne pouvait pas lui parler pour l'instant. Non. Elle savait déjà qu'elle ne supporterait pas très longtemps cette situation de mensonges et de duperie, elle qui avait lutté si fort pour faire éclater la vérité dans son propre couple. Matts devrait un jour faire pareil, sinon il perdrait son aimée. Lui aussi le savait, mais il lui faudrait du temps et il tentait d'en gagner.

Leur histoire serait une bataille contre le temps, mais ils n'avaient pas la même horloge ; obstacle quasi insurmontable pour construire.

Au cours de ces longues journées d'absence, Matts tenta vainement de parler à Marianne.

— Où êtes-vous ? Répondez-moi. Ce silence est très angoissant. J'ai un besoin énorme de vous.

Après plusieurs appels, elle finit par décrocher son téléphone.

— Je suis là.

— Vous allez bien ?

— Oui, merci.

— J'avance, Marianne, ne m'oubliez pas.

— Je sais.

— Je suis là demain avec vous.

— Oui...

— Vous faites quoi?

— Rien de spécial. On se voit demain.

— Je vous embrasse.

Impossible pour Marianne d'en dire plus. Bloquée parce qu'elle en voulait à Matts d'être dans son autre vie; muette parce qu'elle se retrouvait piégée dans cette histoire. Oui, elle était bel et bien prisonnière. Elle s'était enfermée elle-même, à nouveau, pour subir, pour être victime d'une situation insupportable mais qui avait un goût si familier. Elle pensa que c'était sa fatalité, parce qu'elle n'avait pas encore trouvé la réponse, parce qu'elle était incapable d'agir autrement. Alors elle s'exaspérait; contre elle-même, contre cette grosse boule qui lui pesait à la hauteur du plexus. «Pourquoi doit-on dans sa vie répéter les mêmes erreurs, les mêmes conduites?» se demandait-elle. Elle avait déjà compris une chose: avec ce besoin inextinguible d'être rassurée, d'être aimée, une fois encore elle se donnait trop à son homme et basculait dans l'excès très vite. Avant elle pensait d'elle qu'elle était un être de passion. Aujourd'hui elle commençait à se dire qu'il y avait autre chose; ce n'était pas de la passion que d'aimer pour réveiller en soi ce qui faisait le plus mal. Son pauvre téléphone en était aujourd'hui le triste et fidèle témoin.

Marianne ne vivait pas cette relation légèrement. Matts n'était pas un être léger, lui non plus. Elle s'était retrouvée le soir du 7 avril dans les bras de cet homme sans presque plus savoir ce qui s'était passé. Comme par inadvertance. Maintenant cette inadvertance était totalement absente. Marianne était désormais envahie par le doute, essayant d'éclaircir par le raisonnement ce que le sentiment avait rendu très obscur.

Au cours de ces longues journées de solitude, elle ne se posait au fond qu'une seule question, la seule qui comptait pour l'avenir : Est-ce que j'aime cet homme ? Suis-je amoureuse ?

Questions en apparence si simples. Réponses si compliquées.

Longtemps elle s'était demandé si elle aimait encore son mari, après avoir compris que son couple partait à la dérive. Comprendre ce qu'on aime, identifier ce qui nous attache à l'autre au-delà du temps qui cimente la relation.

Un travail long et complexe.

Par ses longues absences, Matts lui offrait ces temps de réflexion forcés, brisant ainsi la folie amoureuse. La distance nécessaire pour commencer à comprendre ce qui l'attachait à cet homme. Un tourbillon fusionnel, interrompu violemment chaque semaine, fractions de vie auxquelles succédait un grand vide. Car Marianne n'avait pas deux vies ; elle n'avait plus que celle avec Matts et celle dans l'attente de Matts. Elle ne sortait plus, ne partait pas en week-end, n'invitait plus ses amis, elle avait plongé dans l'histoire et sa vie était en train de couler.

Elle se sentait profondément attachée à cet homme. Une première certitude : elle était amoureuse de l'amour qu'il lui donnait. Comment rejeter un sentiment si fort et si inédit dans sa vie ? Elle n'était pas en surdose de ce côté-là. Le jour où elle quitta son mari, elle savait que c'était pour le meilleur, pas pour le pire. L'amour l'attendrait, le vrai, devant.

Immédiatement, elle avait compris que l'amour de Matts était entier, sincère. Pour la première fois, un homme l'admirait, la respectait dans son être profond et intérieur. Matts n'était pas tombé amoureux d'une belle image valorisante pour son ego, malgré ce que les apparences pouvaient laisser croire.

Matts disait souvent de Marianne qu'elle était belle dehors, belle dedans. Il aimait cette femme totalement, tragiquement.

Elle savait que c'était là un cadeau très précieux, cet amour. Alors comment y renoncer même s'il était impossible à vivre, même si elle ne pouvait le crier au grand jour ?

En permanence, elle oscillait entre ces deux pôles antagoniques. Aimer cet homme, le rejeter. L'aimer sans devenir dépendante, renoncer.

Les samedis et dimanches étaient parfois interminables. Marianne tournait en rond autour de son ordinateur et de son téléphone ; elle s'installait à son bureau, se mettait à rédiger un courriel, le corrigeait pour le laisser finalement dans le dossier « brouillons ».

Cette absence obsédante l'empêchant de mener normalement le cours de sa vie de femme, de voir ses amis, de sortir, de bouger pour voir de nouvelles têtes. Restaient les enfants, le cinéma et le sport. Sa salle de sports, seul endroit dont elle était certaine de ressortir mieux que quand elle y était entrée. Bénéfice assuré. Les endorphines c'est efficace. Expérimenté et approuvé par Marianne. Parfois elle se mettait à rêver d'une vie déconnectée, comme l'était encore la sienne il y avait peu d'années. Les affres de l'amour devaient être tout aussi cruelles. Il y avait les guerres pour éloigner les jeunes amoureux condamnés à s'écrire quelques rares lettres qui devaient attendre des semaines pour arriver jusqu'à leur destinataire. Mais il n'y avait pas cette incessante possibilité de présence, de contact instantané mais virtuel.

Combien de fois se saisissait-elle de son téléphone, recherchait la fiche contact de Matts, tenait son index en suspension au-dessus de la touche, le regardait, et puis avant qu'il ne descende et déclenche l'appel, son autre main se précipitait sur l'appareil pour le poser un peu plus loin. Alors elle continuait à divaguer, à l'imaginer dans sa grande maison du Sud, entouré de sa grande famille, ne s'apercevant pas de ce temps infiniment long des dimanches qui s'étiraient dans le silence, n'éprouvant pas la souffrance de ces heures qui faisaient mal et renvoyaient inexorablement à cette solitude existentielle que Marianne éprouvait depuis sa petite enfance.

Un dimanche, elle avait écrit une «ode aux bêtises», recensant toutes celles qu'elle avait envie de commettre pour mieux renoncer déjà à cet amour:

Bêtise n° 1 : T'envoyer ce courriel.

Bêtise n° 2 : Penser que notre histoire n'est plus possible et doit se terminer.

Bêtise n° 3 : Penser qu'un enterrement de première classe immédiat vaut mieux que tenter quelques années d'amour et de bonheur.

Bêtise n° 4 : Penser que tu viendras vivre avec moi.

Bêtise n° 5 : Continuer à faire le vide autour de moi la semaine et à me retrouver seule le week-end.

Bêtise n° 6 : Accepter l'invitation à dîner de mon artiste préféré.

Bêtise n° 7 : Penser qu'on peut détruire ce qu'on a construit ces derniers mois.

Bêtise n° 8 : Penser que je vais continuer à faire l'amour avant d'aller dîner et dormir seule ensuite.

Bêtise n° 9 : Accepter la proposition d'un ami de partir ensemble en vacances avec nos enfants, faute de mieux.

Bêtise n° 10 : Penser que tu vas prendre une quelconque décision alors que rien ne t'y force.

Bêtise n° 11 : Penser que tout concourt en ce moment pour que je fasse une grosse bêtise et que j'en aurais très envie.

Bêtise n° 12 : Ne pas détruire cette ode après lecture.

Matts n'avait jamais reçu ce courriel. Il n'en recevrait pas beaucoup, pas plus que de SMS d'ailleurs. Alors que lui ne cessait d'émettre de petits signes, dans sa culpabilité d'absent. Son ordinateur était épié constamment, sa femme, ses enfants pouvaient passer à tout moment derrière son dos.

Au moins avec son téléphone, il pouvait se réfugier dans les toilettes pour écrire tranquillement ses petits messages d'amour. Marianne imaginait si souvent ce genre de situation ; elle se retrouvait alors projetée quelques mois en arrière.

De son côté, le dimanche, Matts attendait un signe de vie de Paris. Toutes les minutes, l'obsession de cliquer sur « envoyer recevoir », dans l'attente du courriel, d'un message. « Où est-elle, que fait-elle, va-t-elle m'annoncer lundi qu'elle me quitte ? L'ai-je déjà perdue ? Dois-je croire qu'elle va m'attendre ? Puis-je croire que je vais aller la rejoindre et tout quitter pour elle ? » Dans ces grands moments de doute, Matts ne pouvait s'empêcher de penser aux paroles de cette chanson, que Marianne écoutait sans cesse dans sa voiture :

Je suis seule à crever et je sais où vous êtes

J'arrive, attendez-moi, nous allons nous connaître

Préparez votre temps, pour vous j'ai tout le mien

Je voudrais arriver, je reste, je me déteste

Je n'arriverai pas

Je veux, je ne peux pas

Je devrais vous parler

Je devrais arriver

Ou je devrais dormir

J'ai peur que tu sois sourd

J'ai peur que tu sois lâche.

Seule s'imposait la nécessité de donner du temps au temps.

Face à ce silence insupportable, Matts était le premier à briser la glace de l'absence et de la distance.

— Marianne, vous m'entendez ?

— Oui, Matts, que se passe-t-il ?

— J'avais juste besoin d'entendre votre voix.

— Je suis là.

— Marianne je suis en manque, c'est terrible.

— Oui, Matts... Je vous rappelle, je ne peux pas vous parler.

Marianne ne supportait plus déjà d'entendre ces phrases.

Mais de là à devenir une drogue, une dépendance... Elle préférait raccrocher au plus vite avant de lui dire des bêtises qu'elle regretterait. « Je vous attends, prenez le premier train si vous avez tant envie, tant besoin de me voir. » Mais elle préférait ravaler ces paroles.

Matts le savait, n'insistait pas. Il respectait trop Marianne.

Ne pouvant la rappeler, Marianne ayant coupé court à la conversation, Matts envoya alors un SMS.

Destinataire obligée de lire le nouveau message qui fait irruption sur l'écran :

« *MaMMa* »

Réponse immédiate de la destinataire perplexe :

« *??* – *Je cherche, je ne trouve pas. Vous vous mettez au langage SMS ?* »

Réponse de l'émetteur :

« *MATTS AIME MARIANNE* »

Message effacé aussitôt. Marianne ne voulait déjà plus de messages, plus lire l'amour en petites lettres. Elle voulait le vivre en grand et en vrai.

Chapitre 8

« Chambre avec vue sur la plus belle place du monde pour la plus belle star parisienne ; je vous y attends. »

Il n'était pas question pour Matts et Marianne de tomber dans la routine, dans la terrible chronicisation de leur relation. Rien ne pouvait être banal dans la vie de ces deux êtres. Chaque semaine devait suivre la précédente sans lui ressembler. Les amants le savaient et puisaient dans leur créativité. Tous deux aimaient les surprises et savaient en user. Pour sauver leur amour tant qu'ils le pourraient.

Ce mardi matin, à peine sorti du TGV, Matts envoya ce court message à son aimée, dont il était sans nouvelles depuis qu'il l'avait quittée, après leur déjeuner d'avant son retour dans le Sud. Marianne n'avait pas répondu à ses appels depuis. Elle n'avait pas lu ses messages, n'avait pas ouvert sa boîte de courriels. Elle était dans un début de volonté de renoncement… qui allait s'interrompre aussi vite avec l'arrivée de ce message.

Immédiatement, au signal du bip-bip vibrant sur son cœur, résonnant dans la poche de son blouson, Marianne gara sa voiture et coupa le moteur. Nécessité de se concentrer quelques secondes, de prendre connaissance du SMS. Convaincue que c'était Matts. Besoin de répondre immédiatement, son message était sans appel.

« *Suis là dans quelques minutes.* »

SMS envoyé.

Comme si elle avait attendu cette nouvelle, qui venait de faire irruption au milieu de sa journée et en bouleverserait complètement le cours.

Marianne n'avait aucun doute ; Matts venait de lui donner rendez-vous dans l'un des plus beaux hôtels de la ville. Place de la Concorde. Elle lui avait parlé de celui de la place Vendôme qu'elle connaissait, où elle avait déjà passé quelques nuits. Dans sa vie légitime d'avant. Marianne aimait les palaces ; le must, c'était de fréquenter aussi ceux de la ville que l'on habitait.

Sans hésitation, elle réorganisa aussitôt sa journée. Quelques appels pour décaler les rendez-vous. Marianne totalement à la merci de Matts.

Un coup de brosse, un coup de fard. Il était midi quand elle arriva à la réception.

— La chambre de M. Matts Heller, s'il vous plaît.

— Suite 307, 3e étage, madame. Souhaitez-vous qu'on le prévienne de votre arrivée ?

— Non merci, ce ne sera pas nécessaire.

En attendant l'ascenseur, Marianne ressentit tout à coup cette émotion amoureuse si particulière, le cœur battant, la gorge nouée, les sueurs froides, les jambes qui tremblent. Incontrôlable. Ce lieu si majestueux, si chargé d'âme, participait à son émoi.

Bravo, Matts; effet réussi. Le trouble était là. À son maximum.

Immédiatement, quand Matts ouvrit la porte de sa suite, ils tombèrent dans les bras l'un de l'autre. Un baiser infini les unit. Aucune parole. Une étreinte comme au premier jour. Hier, Marianne voulait renoncer. Aujourd'hui, elle voulait aimer.

Matts commença à déshabiller son aimée, lentement, doucement.

Elle n'eut pas le temps de regarder la pièce qui l'entourait. Majestueuse suite d'un palace ou cabane au fond d'un jardin, les émotions, quand elles sont à ce paroxysme, font oublier le monde. En ces instants de pure magie, les amants sont dans l'éternité, le temps s'est arrêté. L'espace, le monde tout entier est réduit à celui de leurs corps, de leurs peaux, et c'est tout.

Leçon d'amour numéro 1: C'était toujours lui qui lui retirait ses vêtements. Marianne devait se laisser faire.

Il voulait garder le privilège de découvrir tout ce qui dissimulait sa peau. Matts était fou des dentelles de Marianne. Il n'avait pas connu avant elle cette génération string, très érotique à ses yeux. Ce jour-là, ses dessous étaient noirs. Avec une infinie tendresse, Matts caressa le ventre de son aimée, descendant toujours plus bas avant de soulever délicatement un voile de tulle plumetis qui faisait mine de recouvrir l'intimité extrême de Marianne.

Les deux amants étaient maintenant debout, face à la fenêtre, face à la place, l'obélisque dressant fièrement sa pointe dorée vers le ciel. Matts avait voulu cette fois lui faire l'amour en pleine lumière, en pleine vue, sur scène, devant la ville en beauté et en mouvement. Un moment inoubliable, une fusion de folie, une jouissance absolue. Ils n'avaient pas eu besoin de se parler pour se retrouver. Ils étaient tellement liés que quelques mots envoyés par SMS avaient suffi à les réunir.

« *Chambre avec vue sur la plus belle place du monde...* » Élevée au rang de star. Rien n'était trop beau pour elle.

Elle voulut savourer autant que possible cet instant de pur bonheur, ce lieu de majesté et de beauté, ce moment volé au reste du monde. Matts caressa encore plus longuement que d'habitude le corps de Marianne. Après l'avoir portée dans ses bras jusqu'au lit, il prit longuement ses pieds dans sa bouche tout en la fixant de ses yeux. Elle fut transportée de frissons à la limite de l'insupportable. Il prit ensuite sa tête blonde entre ses mains, approcha doucement son visage du sien et vint jouer avec le bout de sa langue dans le creux de cette si jolie oreille. Il se mit ensuite à la masser, remontant doucement le long des jambes, des chevilles vers le haut des cuisses avant de faire glisser ses mains à nouveau vers les pieds à la douce cambrure et de poser un baiser derrière le genou.

Leçon d'amour numéro 2: Caresser indéfiniment l'aimée. Matts était toujours aussi amoureux de la peau de Marianne, sa peau d'amour, son parfum grisant, son rêve de toujours devenu réalité. Au milieu de ces draps couleur pêche, Marianne était totalement abandonnée, offerte à son amant. Elle savait désormais goûter pleinement ces instants de pure félicité sans les gâcher par des paroles inutiles.

C'était un moment incroyable. Faire l'amour en plein jour dans un palace, place de la Concorde.

Quelques instants de magie et ses pensées tristes, désespérées, volontaires étaient oubliées. Au contact de Matts, Marianne reprenait immédiatement vie, pour ne s'installer que dans le présent. Son homme la faisait rire, la rendait joyeuse, légère, heureuse.

Après l'amour, elle se glissa dans un bain chaud; Matts vint l'y rejoindre et recommença ses infinies caresses. Dans ce palace, la baignoire était suffisamment vaste pour les accueillir tous les deux, pour qu'ils puissent y rester de très longues minutes et laisser fusionner leur corps dans cette eau tiède et mousseuse. Infatigables, voulant comme tous les amants du monde oublier le temps.

La star parisienne était ce jour-là devenue dans la bouche de son amant sa « bombe abricot ». Marianne était arrivée toute d'abricot vêtue, une tenue qu'il ne lui connaissait pas. Une longue jupe à plis creux, ramages rouges sur fond abricot, un débardeur dos nageur en cachemire abricot aussi, un blouson plutôt pêche pas encore très mûre pour jouer le ton sur ton, des salomés en daim beige. Subtile harmonie de couleurs. Matts savait apprécier l'élégance sensuelle et personnelle de Marianne. Mais les vêtements étaient tombés vite. Les retrouvailles avaient été passionnées. Magie du lieu, de ce moment sorti de la réalité de la vie, tout était trop fort. À l'excès. Comme si leur temps était à ce point compté, précieux, obligeant à vivre l'éphémère dans l'exceptionnel. Pour le rendre éternel peut-être. Aller contre les secondes, les suspendre à leurs baisers. Improbables sursis d'amour.

En plein midi, dans la précipitation, les téléphones n'avaient pas été éteints par leurs maîtres. Trop rapidement, les amants s'étaient fait rappeler à la dure réalité par les bip-bips stridents indiquant l'arrivée incessante de nouveaux messages, ceux du dehors, pas ceux de l'amour. À côté, la journée de travail battait son plein. Les actifs s'activaient.

Il était temps de sortir du conte de fées, des lambris dorés et des câlins sans fin. Matts avait à faire, Marianne aussi. La période de reconquête professionnelle était amorcée ; il ne fallait pas faiblir et risquer de mettre en danger des affaires si chèrement acquises et encore si fragiles.

Marianne avait déjà décidé de ne plus parler et de se laisser porter par les événements de cette relation. Matts aussi parlait peu. Il était de plus en plus dans le contact, le toucher, le besoin nécessaire de posséder, de sentir. Parler ne servait déjà plus beaucoup à avancer. L'étau commençait à se resserrer. L'impasse allait bientôt s'imposer.

Faire l'amour était devenu plus que jamais vital. Ils y puisaient leur énergie, leur optimisme, leur gaieté, leur joie d'être ensemble. Le reste de la vie était devenu en quelques semaines très pesant. Matts n'était pas un homme libre. Son passé l'engluait dans une inertie redoutable, alors que paradoxalement il ressentait au fond de lui une intuition primordiale comme il en avait eu si peu dans sa vie : il ne perdrait jamais Marianne.

Le téléphone était plus que jamais le seul lien qui donnait encore vie à cette relation. Le lien fondamental. Les messages, si courts, réunissaient les amants. Peu de mots, surtout ne pas en dire plus. Que dire d'autre quand on est devant le mur de l'infranchissable ? Plus de longues conversations au téléphone, plus de courriels non plus, sinon laconiques. Objectif : ne pas prononcer encore de paroles définitives.

En sortant place de la Concorde, Marianne se sentit très gaie. La thérapie par l'amour a du bon ; le moral est meilleur, le corps apaisé, tranquille, la tête pleine de ces moments uniques dont on sait déjà qu'ils resteront à jamais gravés dans la mémoire.

Mais les effets de cette thérapie sont de plus en plus brefs. Comme toutes les substances créant la dépendance, la consommation devient de plus en plus importante. Quelques heures passaient et Marianne ressentait à nouveau cette terrible lassitude. Elle aurait tant voulu vivre cet amour légèrement, joyeusement, sans autre arrière-pensée. Malheureusement, au fil des semaines, s'imposait pour elle le besoin de reconstruire, de faire des projets d'avenir, elle qui avait dû au cours des derniers mois faire face aux urgences sans pouvoir dégager son horizon.

Cette nécessité d'avancer était vitale pour cette femme : après avoir perdu son mari, son foyer, elle perdrait bientôt son père. Grignoté par une longue maladie. Jour après jour, la vie s'en allait. La fin était inéluctable. Marianne le savait, l'acceptait.

Renoncer à Matts était pour le moment au-dessus de ses forces.

« Amour dévorant, comment vivre sans ta peau ? »

En se retrouvant dans le taxi qui le conduisait en toute hâte à son prochain rendez-vous – il était très en retard –, Matts ne put s'empêcher de pianoter sur son téléphone. Toujours submergé, follement envahi par la présence charnelle de Marianne. Il ne parvenait plus à maîtriser ses pulsions.

Sa peau d'amour.

Marianne ne répondit pas à ses messages. Elle avait décidé, encore une fois, de ne plus alimenter cette bulle de folie amoureuse qui se refusait à prendre pied dans la réalité.

« Cette relation tourne au maniaco-dépressif », pensa-t-elle en recevant ce SMS. Des moments de folie, si hauts dans les sommets de l'amour, de la joie et des rires, de la tendresse infinie, auxquels succédaient le poids de la déprime, les grincements de la souffrance, l'impossibilité d'avancer, la volonté de renoncement.

Fous vivants enterrés dans l'amour.

Ne plus céder, ne plus répondre aux SMS ravageurs, ne plus chambouler son agenda sur un bip-bip.

C'était comme les résolutions d'alcoolique un matin de gueule de bois grave. Plus jamais, dit-on, mais on recommence encore, parce qu'on ne peut déjà plus s'en passer, parce qu'on est dépassé, submergé. Se concentrer sur son travail, trouver la voie juste et les bonnes personnes pour avancer sur sa route professionnelle. C'était la priorité, l'unique priorité. Cette fois, c'était décidé, pensait-elle.

Chapitre 9

« Hello sunshine… I'm in L.A. Got biz 4 u. Join me. »

Le SMS tombait à pic, en direct de la côte Ouest, signé Sébastien, un trentenaire au sourire ultra-blanc, l'archétype du beau garçon, rayonnant de charme et de jeunesse, qui s'exprime en langue codée, phonétique, déjà une autre génération… Difficile de résister ; à l'homme, à la Californie, à l'imprévu. Marianne avait connu ce garçon au Festival de Cannes quelques années auparavant, puis ils s'étaient revus l'été suivant à Saint-Tropez. Par hasard, si on peut dire. Une rencontre épicurienne placée sous le signe de la joie, de la fête, du champagne. L'éphémère de l'instant, les possibles de la nuit qui s'envolaient l'aube venue. Saint-Tropez n'était donc pas un hasard. Pour eux, ce fut un début. Seb appréciait la beauté mais aussi la personnalité de Marianne ; il était fier de sortir avec elle, de l'emmener dans des soirées, jusqu'au bout de la nuit. Marianne avait d'emblée été séduite par l'énergie qui émanait de cet homme, une énergie intérieure qui irradiait de son beau visage, un homme jeune mais déjà mûr au fond de lui malgré ses apparences de séducteur. Comme elle, Seb devait composer avec le paradoxe de sa personnalité : une belle façade attirante, où l'apparence faite de séduction venait contredire une personnalité profonde, riche et de fait très intérieure.

Immédiatement elle l'appela :

— Allo, c'est Marianne. Tu sais que je vais venir ?

— Je le savais, sinon je ne t'aurais pas envoyé ce SMS.

— Écoute, ce voyage tombe à pic pour moi, j'ai quelques jours devant moi. Je les prends. Je m'envole vers toi. Au fait, tu peux me loger ?

— *Of course, sunshine.*

En deux jours, tout était bouclé, les billets réservés, les enfants casés. Marianne annonça à tout le monde, Matts le premier :

« *Je pars pour un long week-end à Los Angeles.* »

Toujours très chic, Marianne. Plus de douze mille kilomètres pour quelques jours, *why not ?*... Matts était abasourdi ; mais il avait déjà appris à s'attendre à tout avec cette femme. Mille questions lui brûlaient les lèvres : pourquoi Los Angeles ? Avec qui ? Pour y faire quoi ? Pourquoi ce coup de tête ?... La règle du jeu lui interdisait de les poser. Il n'avait aucun droit sur cette femme. Et ne s'en arrogeait aucun.

L'idée de ce voyage avait mis Marianne dans une humeur extrêmement joyeuse. Loin de Matts, au pays des belles filles saines, le cheveu blond, les dents blanches, les jambes galbées, les *rollers* aux pieds, les *ponytails* au vent. Ouf! un grand bol d'air, une bouffée de légèreté, un séjour au pays de l'énergie, des idées neuves, de l'*organic food* et du sourire. Un programme sur mesure pour Marianne. Il était juste temps de recharger les piles.

Marianne et la Californie allaient bien ensemble. Dans ce pays, cette femme rencontrait l'esprit d'optimisme qui était le sien. Toujours aller de l'avant, croire au futur, être positif. Les rives du Pacifique lui ouvraient les horizons de l'avenir, ceux qui étaient à inventer et donnaient un sens à la vie. Marianne y trouvait ce qu'elle cherchait en vain dans son pays, cette réconciliation du futur et de l'espace, de la nature et de la modernité, de la créativité et de l'individualité. *New frontier* pour un esprit sain dans un corps sain. Pas en réaction mais en devenir. Une contrée qui croit au progrès. Encore. Là-bas.

Marianne était en pleine interrogation. Elle devait apprendre à reconstruire ses propres repères. Son monde de femme mariée s'était écroulé, et cela l'effrayait de regarder dans le rétroviseur et de se rendre compte que l'on pouvait vivre des années à côté d'un homme sans jamais finalement vraiment le connaître, et qu'il pouvait devenir à ce point un étranger, fût-il le père de ses enfants. Désormais, elle savait qu'il ne suffisait pas de vouloir y croire; mais elle ne voulait pas sombrer dans une amertume précoce, elle était encore jeune avec sa vie de femme devant elle. Matts lui révélait tous les jours cette féminité oubliée qui avait cédé la place au rôle de mère durant ses années de mariage, il la faisait revivre. Mais le temps était compté désormais.

À ce moment précis de sa vie, Marianne cherchait aussi désespérément à donner un sens à ses orientations professionnelles. Après de longues années à servir la société de consommation et des médias, elle ressentait un vide profond. Comme beaucoup de gens de son âge, elle s'était parfaitement glissée dans l'habit pailleté du marketing, de la publicité et de la télé, des diktats des auditoires et des parts de marché.

Sans révolte – l'époque avait changé – mais sans conviction non plus.

Aujourd'hui elle était en surdose de vacuité. Fille d'une génération qui pèche par excès d'individualisme, de vide collectif qu'elle tente de combler par un besoin inassouvi de se remplir au moyen de distractions, de dépendances. « Génération des années 1980, celle qui n'attendait rien », comme dit la chanson.

Consommations et dépendances.

Encore faudrait-il pouvoir choisir ses dépendances pour mieux s'en libérer. Marianne allait à nouveau tomber dans la dépendance de la passion, tout en sachant déjà qu'elle ne parviendrait pas à la transformer.

Elle savait qu'il était temps pour elle de trouver sa vraie voie. Intuitivement, elle imaginait que les rives du Pacifique pouvaient lui apporter quelques éléments de réponse.

« Got biz 4 u. »

Aucune idée de ce que Seb pouvait avoir à lui offrir. Pour décoder le message, une seule manière : se rendre sur place.

Seb était un garçon aux mille idées, projets et contacts. Beaucoup n'étaient que des mirages. Sa jeunesse laissait encore le champ grand ouvert. Question de probabilités, un jour un gros coup marcherait assurément. C'est comme pour les *best-sellers*. Il suffit d'un seul.

Elle était très excitée à l'idée de ce départ mais elle savait qu'une fois encore elle allait se mettre dans une situation délicate. En partant rejoindre Seb à L.A., Marianne payait cher en euros et en kilomètres pour se retrouver inévitablement dans les bras d'un homme, alors qu'au fond elle n'en avait peut-être pas envie. Elle partait chercher l'aventure pour oublier Matts et revenir avec des idées nouvelles.

À douze mille kilomètres, Marianne se mettait hors d'atteinte. Elle avait prévenu Matts : son vieux téléphone n'avait pas d'abonnement international. Elle serait injoignable donc. Pas de SMS possible. Mensonge obligé pour garder la distance.

Seb l'attendait à l'aéroport de L.A. Bronzé, une chemise aux rayures multicolores sur le jean tendance du moment, les mocassins assortis à la veste légère et fluide en daim, les lunettes légèrement teintées, le portable collé à l'oreille. Marianne eut un flash ; à peine débarquée, elle recevait en pleine figure la beauté et la jeunesse éclatante de son futur amant.

L'histoire semblait s'écrire avant même d'être vécue.

— *How are you, sunshine?*

— Très bien, le voyage n'a pas du tout été fatigant.

Marianne adorait entendre ce surnom, *sunshine*. Il était le seul à l'appeler ainsi. C'était l'un de ses surnoms préférés parmi tous ceux que les hommes avaient pu lui donner. Elle se souvenait aussi de Blondie ou de Casque d'or, dont l'un de ses camarades de prépa dont elle était tombée follement amoureuse l'avait affublée. Mais *sunshine* était le numéro 1 du *hit parade*.

— Alors raconte-moi, qu'est-ce que tu fais ici ? demanda Marianne à son compagnon.

— Je suis en train de monter la production de mon futur film ; tu sais, le projet dont je t'ai souvent parlé, ce film sur Paris. Tu vas voir, je vais te faire rencontrer plein de monde intéressant. Tu pourras peut-être avancer sur ton idée.

— Quel est le programme ? Où habites-tu ? Tu sais, je me remets entre tes mains ; c'est toi qui décides. Je suis venue ici pour me laisser emmener vers des lieux, des gens, des idées, des projets. Je te fais totalement confiance.

— Je sais, *sunshine* ; c'est ce que j'ai compris et c'est ce que je veux t'offrir. *Trust me*.

L.A. Marianne aimait cette ville mais préférait San Diego. Moins grande, plus humaine, plus *high tech*. Elle avait toujours rêvé d'avoir un jour une maison sur Mission Bay. Qui sait ? Sinon ce serait dans les Pouilles, la retraite dans une maison de pêcheurs…

Immédiatement elle retrouva le contact avec ce pays, cette langue, cette manière de parler, de sourire, cette connexion si directe et si aisée. Un ami de Seb lui avait prêté sa maison ; à Malibu, sur la plage. Plein ouest. Le genre de maison que Marianne adorait, un aménagement intérieur très simple. Peu d'objets mais beaux, bien choisis. De très grandes baies vitrées ouvrant sur l'océan. Une lumière douce qui embellissait les visages et les corps.

À peine arrivés, Seb souhaita la bienvenue à son hôte en ouvrant une bouteille de sauvignon. « Décidément, ce vin me poursuit ! » pensa-t-elle. Un sauvignon californien servi dans ces très grands verres, démesurés, qu'on ne voit qu'en Amérique. Marianne y trempa à peine ses lèvres, juste pour trinquer. Trop fatiguée, décalage horaire.

Seb semblait heureux de la présence de Marianne. Elle n'avait pas réalisé encore où elle se trouvait. Elle avait l'impression de vivre un film, une belle histoire dans des lieux lointains, mais se demandait bien comment tout cela allait évoluer. Que faire avec Seb ? Se laisser faire, on verra bien, pensait-elle.

Après un bain dans une immense baignoire Jacuzzi, Marianne se sentait d'attaque pour affronter le lourd programme de la soirée. Lorsqu'elle réapparut, habillée d'un ensemble en lin blanc, impeccable, assorti d'une grande étole de soie indienne fuchsia, fraîchement coiffée et maquillée, Seb eut un mouvement de recul. Il désirait cette femme, il le savait depuis longtemps. Aujourd'hui, elle était là ; eux deux, à l'autre bout du monde, tout seuls. En face à face. Aucun obstacle. Enfin bientôt amants. Mais Seb comme Marianne auraient encore envie inconsciemment de prolonger ce désir, ces moments de séduction intenses et torrides qui précèdent l'amour et sont si merveilleux. Peur de briser la magie en se retrouvant au lit tout de suite. Peur aussi pour Marianne de regretter, de faire une bêtise inutile qui lui laisserait un goût amer. Matts était là, omniprésent ; elle avait déjà le sentiment de le tromper. Quoi qu'il puisse advenir, Matts saurait tout. Elle ne pouvait rien lui cacher, même si elle en avait envie.

Son téléphone était éteint. Il le resterait. Neuf heures de décalage. La soirée allait commencer. De l'autre côté, sur le Vieux Continent, Matts terminait sa nuit.

La première soirée californienne commença sans grande surprise par un dîner dans une villa de Brentwood ; des producteurs, scénaristes, des femmes liftées au *brushing* impeccable qui s'accrochent tellement à leur riche époux qu'elles ne peuvent être qu'immédiatement jalouses d'une personne aussi fraîche et spontanée que Marianne. Les riches Américaines sont peut-être les pires dans la famille des garces de type *desperate housewives* qui se sentent perpétuellement menacées par la beauté et la fraîcheur de leurs cadettes, a fortiori quand elles sont Françaises et moins accros qu'elles aux vertus du botox et du lifting. Derrière son sourire impeccable d'une blancheur éclatante, la riche Américaine qui a franchi le cap des 50 ans est rarement une amie qui vous veut du bien.

Mais Marianne le savait et savait faire ; elle laissait parler les femmes, se montrait attentionnée, les flattant dès que l'occasion s'en présentait, tout en parlant aux hommes et en les entraînant dans son sillage de séduction. Avec son léger accent français, le charme était total, l'effet garanti. Au cours de cette première soirée, Marianne eut immédiatement sa cour. Le contact est si facile dans ce pays. Elle parla affaires, qui était finalement l'unique sujet de conversation une fois les thèmes du vin, de la Provence et de la gastronomie française épuisés. Seb savait quant à lui faire la même chose avec les convives féminines ; il était le beau *Frenchie* qui éblouissait ces dames. Lorsqu'elle sortait avec Seb, Marianne retrouvait cette complicité et cette liberté d'être qu'elle appréciait tant et qu'elle avait adorées dans sa jeunesse quand elle découvrait, accompagnée de son frère, la nuit parisienne du Palace et des Bains.

Seb cependant gardait en permanence un œil sur Marianne ; ce soir-là, pour la première fois, cette femme était à lui, il n'était pas question qu'il en soit autrement. Il avait toujours pensé qu'il pourrait très vite en tomber amoureux, mais se retenait. Elle était inaccessible. Trop chère pour lui, il ne pourrait pas suivre. C'était un joli fantasme qu'il pouvait vivre en pointillé grâce au hasard des rencontres.

L.A. allait être l'un de ces moments ; une occasion à ne pas manquer pour Seb.

À la fin du dîner, Marianne se mit à parler avec son voisin de gauche qu'elle avait ignoré jusque-là. Un homme très américain, grand, musclé, un beau sourire honnête, des yeux bleu acier légèrement enfoncés, un corps déjà un rien empâté, une voix puissante, une élégance sportive. Pas sans charme… Le gabarit masculin américain lui plaisait. Cet homme avait un projet de festival qui la captiva immédiatement. Et si elle trouvait le bon filon pour travailler entre la France et les États-Unis, pensait-elle… Une belle idée qu'elle aimerait vivre un jour.

— Merci de nous avoir amené Marianne ce soir, dit Frank à Seb. Je suis sûr que nous allons faire beaucoup de choses ensemble, le charme français est toujours aussi irrésistible !

— *You're welcome !* lui répond-il. Je sais que Marianne a beaucoup de succès. Vous savez, c'est très difficile de la garder ; c'est même impossible, ajouta-t-il avec un sourire complice, voulant ainsi laisser deviner la connivence qu'il pouvait avoir avec cette femme.

— Combien de temps comptez-vous rester à L.A. ? demanda Frank à Marianne.

— Je dois repartir après-demain. Je suis juste venue pour un long week-end. Je sais, c'est un peu court, mais je reviendrai.

— Vous voyez, Frank, je vous l'avais bien dit ; c'est impossible de garder Marianne.

— Alors voyons-nous demain pour poursuivre cette conversation passionnante. Que faites-vous pour le déjeuner ?

— Vous savez, ici, je ne décide rien ; c'est Seb qui organise tout. Je fais ce qu'il me dit… enfin presque !

Et Marianne lança un regard amusé à son *French companion*.

— Alors, Seb, qu'est-ce qui est prévu pour demain midi ?

— Tu feras ce que tu veux, *sunshine* ; j'ai un *business lunch*.

— Eh bien, Frank, je suis disponible. On se retrouve où ?

— Je passerai vous prendre chez vous, c'est plus simple.

— Oui, je veux bien, je suis sans voiture, autant dire une handicapée à L.A.

La vie n'est peut-être pas si mal faite au bout du compte ; au moment précis où elle cherchait des ouvertures, des orientations professionnelles nouvelles, Marianne rencontrait les bonnes personnes. Il suffisait d'aller vers la lumière, comme aurait dit Seb.

En sortant de ce dîner, Marianne était très excitée, de cette excitation qui annonce un futur proche positif répondant à ses attentes, de ce sentiment que les vents contraires avaient cédé la place au souffle porteur d'une nouvelle vie.

Avec ou sans Matts.

Marianne et Seb prirent congé de leurs hôtes. Seb avait abusé du chardonnay californien. Souvent, il était à la limite de l'excès : l'alcool mondain était en train de se transformer sournoisement en dépendance, la cocaïne pour rester éveillé des nuits entières, quelques joints à partager avec les copains. Peut-être encore trop jeune pour casser cette spirale à haut risque.

Marianne était restée sobre; besoin de maîtriser son état de fatigue et son décalage horaire pour rester un minimum en contrôle sur les événements.

Seb conduisait le long de la route sinueuse de Mulholland Drive. L.A. et ses millions de lumières en contrebas. Douceur de la nuit californienne. Silence dans la Mercedes. Marianne se sentit subitement submergée par un coup de fatigue; le sommeil était prêt à l'envahir d'une seconde à l'autre. Quand on ne peut plus lutter...

— Je vais tomber, dit Marianne à son chauffeur, je n'arrive plus à résister.

— Tiens bon, *sunshine*, on arrive bientôt.

Un coup d'accélérateur pour arriver plus vite à destination et coucher la belle endormie. Seb avait toujours aimé conduire vite; cette nuit était à eux, le couple de la nuit californienne. Que n'aurait-il fait pour se retrouver immédiatement allongé aux côtés de Marianne, corps contre corps, sentir ce parfum enivrant, cet élixir magique si subtil et si personnel. Toute la « *Marianne touch* » émanait de ce sillage unique et fantasmatique. Mélange subtil de rose et de patchouli qui prenait possession de la peau et s'infiltrait au plus profond de ses pores. Marianne n'était plus Marianne sans ce parfum.

Seb était parti dans ses rêveries. Ivresse du moment. Il était heureux, serein. Dans cette voiture, à cet instant, la présence de cette femme lui apportait un bonheur infini, contre toute attente. Le sourire aux lèvres, absorbé dans ses pensées, il sentait son désir à son comble. Irrésistiblement, il ne put s'empêcher de tourner la tête sur sa droite pour contempler le visage de Marianne, endormie.

Seb, au volant, était perdu dans l'admiration de la belle image. Quelques secondes d'inattention filèrent à grande vitesse, c'était déjà trop ; la route était là.

Et ce fut l'accident.

Un choc dans la roue arrière droite, violent, une ornière plus grosse que les autres dans cette chaussée mal entretenue. Seb roulait trop vite, avait perdu le contrôle – trop de chardonnay, pas les bons réflexes – ; il s'échoua contre un arbre au lieu de négocier le virage.

Il ne perdit pas connaissance. Les sacs gonflables s'étaient déployés aussitôt, jouant à merveille leur rôle d'ange gardien. Immédiatement il se tourna vers Marianne.

— *Sunshine, sunshine*, t'es OK ?

D'abord pâle, il fut ensuite envahi par une angoisse glacée. Tout son corps en fut saisi. Il commença à réaliser l'accident. Totalement dessaoulé en une fraction de seconde, il sentit le monde s'écrouler. Avant de penser qu'il venait de tout gâcher, il eut besoin d'être rassuré. La carrosserie était mal en point. Marianne… allait bien apparemment, la voiture avait protégé ses passagers.

Seb prit le visage de Marianne entre ses mains.

— Tu es sûre, mon *sunshine* ? Tout va bien ? Parle-moi !

— Oui, je crois… Que s'est-il passé ?

— J'ai roulé trop vite, la roue arrière droite s'est prise dans un gros trou et j'ai perdu le contrôle ; je n'ai pas réussi à prendre…

Il n'avait pas terminé sa phrase que le bruit strident et anxiogène d'une sirène de police retentissait à leurs oreilles. Efficacité américaine ; pas de temps perdu. Seb allait devoir rendre compte de ce qui venait de se passer, raconter pourquoi et comment il avait perdu le contrôle de son véhicule, en espérant que son taux d'alcoolémie n'allait pas l'embarquer dans une mauvaise histoire. On ne rigole pas avec le LAPD.

Seb ne pourrait plus s'occuper de Marianne ; elle devrait rentrer seule à la maison, en taxi, tandis qu'il serait contraint de passer la nuit au poste à régler toutes les formalités, à répondre aux longs interrogatoires. Pas simple, pas drôle ; mais cela aurait pu tourner plus mal, pensait-il, beaucoup plus mal.

Triste fin de soirée pour Marianne. Rideau, la fête était finie. L'escapade américaine qui tournait court. Il n'y aurait pas de nuit californienne torride, pas de *body heat* entre elle et Seb, pas d'alerte à la tromperie amoureuse sur Malibu Beach. Un grand merci à la vilaine ornière de Mulholland Drive.

Désespérément elle tentait le diable, elle faisait même douze mille kilomètres pour le trouver, mais le destin pour l'instant en décidait autrement. Marianne resterait fidèle à Matts.

Le lendemain matin, elle se réveilla la tête à l'envers. Contrecoup du choc de l'accident, décalage horaire, grande fatigue, stress, mal-être. Seb aussi, très nerveux, à peine rentré de sa nuit au poste de police et de sa matinée au garage Mercedes. Ondes négatives dans la belle maison face à l'océan. Plus aucune raison de rester davantage. Marianne se sentait mal ; il fallait qu'elle reparte immédiatement en France. Elle n'avait plus rien à faire en Californie ; du moins pour le moment.

— Je vais changer mon billet, devancer mon départ ; je repars tout à l'heure. Ne m'en veux pas. Tu me comprendras, n'est-ce pas ?

— Bien sûr. Je suis tellement soulagé qu'il ne te soit rien arrivé. Tu sais, j'ai eu très peur hier soir. On a eu beaucoup de chance.

— Je ne sais pas, je ne me suis rendu compte de rien. Je sais seulement que je dois partir. Pas seulement à cause de l'accident. Mais j'ai un drôle de sentiment. Tu sais, quand tu ressens au fond de toi que tu ne devrais pas être là où tu te trouves, comme si cet accident finalement était un signe du destin pour me dire de rentrer.

— C'est toi qui sais, *sunshine* ; je connais ton guide intérieur qui est au fond de toi, tu dois le suivre.

— Tu peux appeler Frank, s'il te plaît ? Le prévenir d'annuler notre déjeuner, lui raconter l'accident et mon départ devancé. Dis-lui que je le rappellerai de Paris. Je n'ai pas envie de lui parler maintenant.

— Oui bien sûr, compte sur moi, ne t'inquiète pas. Je suis tellement désolé de ce qui s'est passé. Je suis si triste.

Seb prit alors la main de Marianne. Il était sincèrement désemparé. Il avait beaucoup de mal à assumer cette situation. Encore trop jeune, manque de maturité. Il ne pouvait pas entourer Marianne d'une étreinte protectrice, seulement tenter de garder un contact ténu et si dérisoire. Mais elle ne lui en voulait pas. Elle venait d'expérimenter d'une manière inattendue le revers de la jeunesse de Seb. La tentation du trentenaire était définitivement éliminée.

Marianne sentit soudain monter en elle une immense tristesse. La fatigue et le choc nerveux aidant, un grand coup de blues incontrôlable l'envahit. Elle eut tout à coup l'envie irrésistible de revoir ses enfants et de se rendre au chevet de son père. Et s'il décidait de partir maintenant, cette nuit, sans qu'elle puisse le revoir une dernière fois pour lui faire son plus beau sourire, celui qu'aucun autre homme ne recevrait jamais… Les larmes montaient; si difficiles à contenir pour les cacher à Seb.

Il était temps de prendre congé, de partir. Elle ne pouvait pas rester une seconde de plus dans cette maison, avec Seb, à l'autre bout du monde. Elle voulait être seule, attendre à l'aéroport, s'abandonner à ses tristes pensées.

Elle prit le visage de Seb, posa un vrai baiser, doux et affectueux, sur son front, caressa sa joue. Un long sourire, un dernier signe de la main.

Avant de s'envoler vers l'Europe, Marianne voulut envoyer un message à son beau *Frenchie*, si seul tout à coup dans sa belle maison face au Pacifique; sentiment de culpabilité de l'avoir abandonné aussi vite. Impossible de faire autrement.

« *On se retrouvera à Paris. Forgive me Seb.* »

Marianne se retrouva à l'aéroport. Un vide énorme. Un vide de vie. Rendez-vous ratés, destinations improbables, décisions prises sur l'instant. Emploi du temps façonné par les SMS envoyés par des amants au gré de leur disponibilité et de leur envie d'elle, justifiés par de vrais faux prétextes.

La fatigue était immense, les larmes au bord des paupières, prêtes à couler sur ses joues à chaque seconde. Le décalage horaire, le choc de l'accident l'avaient plongée dans un état de déprime. Marianne le savait, elle devait se protéger, garder ses forces et son énergie pour rester positive, optimiste, confiante. La dépression la guettait, elle le sentait bien, ce sentiment du « je ne vais pas y arriver », et Matts était sa béquille, il l'aidait à se tenir debout et c'était le plus important dans cette période sans avenir, sans vision du lendemain.

Sa solitude lui pesa plus que jamais au milieu de cette foule d'aéroport. Les yeux fixés sur le téléphone qui ne quittait pas sa main, elle se dit qu'elle détestait cet objet. Elle aurait voulu pouvoir le jeter, le briser, l'écraser de ses deux pieds et contempler les débris s'éparpillant sur le sol. Plusieurs fois elle avait ressenti cette pulsion de le fracasser mais sa main s'était retenue. Elle n'avait pas le droit de disparaître, elle était une mère, ses enfants avaient besoin d'elle, elle devait pouvoir répondre présent à tout moment. Elle songea que cet objet était maléfique, et pourtant elle ne pouvait pas s'en passer. Il ne lui apportait au fond aucun réconfort, il n'était pas comme le doudou chéri qui l'avait accompagnée toute son enfance. Celui-ci s'appelait Bébé, un petit ourson blanc affublé d'une sorte de tablier à carreaux rouges sur son ventre. Un ourson qui la suivait partout, occupant en permanence sa main droite, collé à ses joues d'enfant. Au fil des années, il s'était usé, râpé, un bout de tissu s'en était détaché, maintes et maintes fois il fut recousu, mais il avait fini par tomber. Et puis un jour, elle devait avoir neuf ans, Bébé avait disparu. Personne n'avait jamais compris ni où ni pourquoi. Des heures et des heures entières, toute la famille s'était employée à le chercher. Pendant quelques jours, rien d'autre ne fut plus important que la perte de Bébé. Après d'interminables recherches infructueuses, la famille en avait conclu que l'enfant avait dû l'enfouir quelque part au cours de l'une de ses promenades nocturnes de somnambule.

Marianne, perdue dans la contemplation de son téléphone, repensa très précisément à ces instants de la perte du doudou. L'émotion se réveilla, intacte malgré les années, et envahit son corps subitement des mêmes frissons, des tremblements prêts à la faire vaciller, à l'aspirer dans un tourbillon. Ce fut un moment de drame, peut-être le plus grand drame. Ce fut comme si elle, le petit enfant, avait disparu avec. Son identité de petite fille s'était fondue dans celle de l'ourson ; sans ce doudou, elle n'existait plus. Elle n'était plus rien, comme aujourd'hui dans cet aéroport, entourée de milliers de gens anonymes venus de partout dans le monde.

Chapitre 10

« URGENT où as-tu garé ma voiture ? »

Marianne venait de rentrer de son « court long voyage ». Heureuse de se retrouver chez elle, sous son toit, dans ses repères. Besoin immédiat d'aller chercher les enfants. Les bagages à peine déposés dans l'entrée, après avoir vaguement jeté un coup d'œil sur le courrier, Marianne se retrouva dans la rue en bas de chez elle, les clés de sa voiture à la main. Subitement elle se souvint que Matts avait eu besoin de la Lancia pendant son absence. C'était donc lui qui l'avait garée quelque part dans le quartier. Mais où ? C'est vrai, c'est elle qui avait voulu couper toute communication pendant ces quelques jours, se rendre injoignable. Cette fois, elle était bien obligée de l'appeler, de donner signe de vie alors que tout le monde pensait qu'elle était encore à l'autre bout du monde.

C'était dimanche, l'heure du déjeuner. La France était à table, repas dominical oblige. Les rues de Paris étaient vides, à l'exception de quelques touristes égarés, leur plan à la main. Marianne ne fit pas attention à l'heure, de toute façon il lui fallait absolument joindre Matts. Elle s'empara de son téléphone. Touche 2, celle de son numéro abrégé.

Matts n'avait pas anticipé; il croyait sa belle sur les rives du Pacifique. Son portable était allumé, prêt à sonner, même pas en silencieux. Il l'avait posé sur la table. Il venait tout juste de s'absenter pour aller chercher une bouteille de vin. Le téléphone sonna.

La famille au complet était à table; cette sonnerie accapara subitement l'attention de tous.

Messagerie.

— Matts, c'est moi, je suis rentrée, je veux juste savoir où tu as garé la voiture. Rappelle-moi, c'est urgent, je dois aller chercher mes enfants.

Elle raccrocha, commença à marcher dans la rue. Au cas où par hasard la voiture s'y serait trouvée. Cinq minutes passèrent. Pas de réponse de Matts.

Nouvelle tentative de Marianne. SMS: *« URGENT où as-tu garé ma voiture ? »*

Cette fois, Matts était de retour à table. Évidemment, personne n'avait fait de remarque sur la première sonnerie. Nouveau débarquement d'un bip-bip strident en plein milieu de la scène familiale. Le trouble était à son comble.

Sa femme, assise à ses côtés, sursauta une nouvelle fois.

— Je pense que tu as reçu un message, lui dit-elle.

— Oui, j'ai l'impression; cela doit être une urgence.

— N'attends pas, vas-y, écoute, lui répondit-elle, faussement sereine.

Matts se leva sans parvenir à cacher son embarras extrême auquel se mêlait une certaine inquiétude. Il savait déjà que ce ne pouvait être que Marianne.

Lorsqu'il prit connaissance du SMS, il fut à la fois rassuré et désemparé. C'était le SMS le plus trivial qu'il avait jamais reçu de la part de Marianne. Une histoire idiote de voiture et de stationnement, mais qui n'était autre que le témoin matériel d'une vie commune qu'ils étaient déjà en train de construire peu ou prou à Paris.

C'est toujours sur des bêtises qu'on se fait prendre, au moment où on s'y attend le moins. Matts était piégé. En toute hâte, il répondit à Marianne, lui indiquant la rue. Il devait revenir à table, devant le conseil de famille, trouver la vraie fausse bonne explication, que personne ne croirait.

Lorsqu'il se rassit, Matts prit les devants, avec un air faussement détaché.

— C'est rien, déclara-t-il, une histoire de mot de passe au bureau.

Il n'en dit pas plus, se prépara aux éventuelles questions. Personne ne broncha. Non-événement en apparence.

Matts aurait voulu reprendre le fil de la conversation familiale. Il ne le pouvait pas. Une fois encore, il brilla par son absence, lui qui dans la vie d'avant alimentait à merveille les discussions, faisait rire les grandes tablées. Les désormais rares fois où il était là, il n'était plus là. Tous ses proches le savaient ; ils ne le lui avaient pas encore manifestement et ouvertement reproché. Le temps des règlements de compte n'avait pas commencé. Il approchait cependant à grands pas, Matts le savait, sa femme aussi.

Le repas terminé, Matts ne joua pas les prolongations. Il partit s'enfermer dans son bureau, s'absentant au moment où il aurait dû participer aux tâches domestiques avec les autres, aider à desservir, à ranger. Qu'on ne compte plus sur lui désormais, sinon pour alimenter le compte en banque qui nourrissait tout le monde. C'était essentiel, et c'était tout.

Matts n'était pas un homme qui s'était beaucoup penché sur lui-même au cours de sa vie. Il avait en permanence privilégié la stratégie de fuite plutôt que la confrontation avec lui-même. Il savait qu'il avait un lourd passif à régler. Alors toujours aller de l'avant, ne pas s'arrêter sur ce qui fâche, ne pas se contempler le nombril. Mais Marianne le renvoyait sans cesse à ses affects, mettait le doigt sur ses déchirements intérieurs.

« Partez de vous si vous voulez me rejoindre un jour », aimait-elle souvent à lui répéter. Il avait toujours pensé qu'elle était la première femme dans sa vie qui l'aimait pour ce qu'il était et non pour ce qu'il donnait à l'autre. Il savait aussi que Marianne vivait probablement avec lui sa première vraie histoire d'amour. Souvent elle lui avait dit qu'elle se rendait compte avec effroi à quel point l'histoire de ses dix-sept ans de mariage n'avait jamais rimé avec amour. Terrible constat a posteriori. Marianne avait aimé un reflet d'elle-même, une image, celle d'un homme uniquement capable d'offrir aux autres une apparence, une belle photographie sociale, alors qu'il était au fond de lui paralysé et terrifié à l'idée de s'offrir dans la vérité de son être.

Ce dimanche, Matts passa l'après-midi entier reclus dans son bureau, faisant hurler les airs de *Tosca*, cherchant désespérément la paix. Pour son malheur, il n'aspirait qu'à la sérénité, demandant aux autres de le laisser tranquille. Il savait très bien que cette sérénité retrouvée ne dépendrait que de lui, et de lui seul.

Ce soir-là, il ne se joignit pas à la famille pour le dîner. Le régime comme excuse. La tension était trop forte. L'épisode du déjeuner planait dans toutes les pièces et dans tous les esprits. C'était à qui en parlerait le premier.

À 22 heures, Matts était encore devant son ordinateur, le seul avec qui il pouvait communiquer. Contre toute attente, il reçut un courriel de Marianne.

Cette fois, il n'était pas question de jalousie, de reproches, de colère contre cette autre vie, celle de son amant avec sa femme et sa famille et qui n'était pas la sienne. Non, c'était autre chose, infiniment plus grave.

« Je suis toujours triste le dimanche soir ; ce soir je pleure. Mon père a refusé de s'alimenter aujourd'hui. C'est la fin. Je le sens. Je le sais. »

Matts aurait voulu appeler Marianne; il ne le pouvait pas. Son téléphone captait mal les signaux dans son bureau. Il serait obligé de sortir. Après quelques instants d'hésitation, il décida finalement de le faire, se dirigea vers la porte, au moment où sa femme entrait dans la pièce.

— Tu sors?

— Oui, je vais aller prendre l'air avant de me coucher, faire quelques pas dehors. La nuit semble douce.

— Je voudrais qu'on parle. Tu ne crois pas que l'on a des choses à se dire?

— Certainement. Ce n'est pas nouveau… mais ce n'est pas le moment non plus. Je me lève très tôt demain, j'ai besoin de repos. On parlera une autre fois. Rien d'urgent?

— Non, évidemment! Il s'agit juste de nous deux, alors ce ne doit pas être urgent.

Résignée, sa femme s'en retourna. C'est si difficile d'aller au-devant des vérités, même quand le mal-être est là, manifeste, criant de douleur. Et elle avait le pire rôle. Elle ne pouvait que subir la situation que son mari lui imposait. Il est trop risqué de vouloir devenir acteur d'une histoire qui vous échappe. Son seul intérêt était de préserver les acquis, d'attendre que l'orage passe tout en essayant de se protéger de l'humiliation.

Ce serait Matts qui déciderait *in fine*, à moins que Marianne ne le fasse avant lui. Finalement c'était elle la plus libre dans l'histoire, libre de son passé, de ses attaches, même les plus fortes.

Matts n'appela pas Marianne ce soir-là. Il se sentait poursuivi par sa femme. Il fit quelques pas dehors, pour respirer, sortir de cette atmosphère qui était devenue très pesante. Il était inquiet pour Marianne, il aurait tant voulu entendre sa voix; il se contenterait de lui envoyer un court message.

« L'étau se resserre – volonté d'avancer – amour intact. »

Marianne n'avait pas éteint son téléphone; au cas où la clinique où se trouvait son père appellerait une nouvelle fois. Elle ne fit pas attention au SMS de Matts, elle le lirait plus tard. Plus rien d'urgent. Elle avait plongé dans sa tristesse pour la nuit. Elle aurait voulu prendre sa voiture, se rendre une dernière fois au chevet de son père. Il était trop tard. C'était impossible. Elle devrait attendre le lendemain matin, elle irait après avoir déposé son fils.

Lundi matin, 8 h 30. Marianne se trouvait sur le trottoir de l'école lorsque le portable se mit à sonner. C'était sa mère. Elle décrocha.

— Je viens de fermer les yeux de ton père, lui dit-elle.

Chapitre 11

« Papa est parti, à jamais. Pense à nous. »

Le SMS le plus triste que Marianne ait jamais envoyé. Lundi 13 septembre, son père avait fermé définitivement les yeux après une maladie trop longue.

Finalement un soulagement pour Marianne. « Il était temps que tu partes, papa », dirait-elle le jour de l'enterrement.

Elle avait eu besoin d'annoncer la mort de son père à quelques-uns de ses proches mais elle ne pouvait le faire par téléphone ; elle n'avait pas envie de raconter cette fin de vie, ce deuil, sa relation à son père, son amour inconditionnel. D'entendre toutes les banalités qu'on ne peut éviter de dire en de pareilles occasions.

Merci le SMS. Juste quelques mots et la messe est dite.

Elle envoya ce message à son artiste, avec qui elle n'avait pas eu de contact depuis de longs mois.

Immédiatement il la rappela et trouva les mots justes pour lui parler dans ce moment. Marianne en fut très touchée; décidément cet homme avait toujours sa place quelque part dans sa vie.

Quelques jours plus tard, il la contactait à nouveau et lui proposait un déjeuner.

— Je passerai vous prendre à midi. Je vous emmène déjeuner en dehors de Paris. Pour vous changer les idées.

— D'accord, je me laisse faire, je crois qu'avec vous je me laisserai toujours faire, lui répondit Marianne qui se savait au fond d'elle peut-être encore un peu amoureuse de cet homme. Elle se sentait en tout cas toujours prête à le suivre...

Alors qu'elle montait dans sa voiture, elle avait le cœur battant comme à un premier rendez-vous.

«Non, se disait-elle, je ne vais pas encore être prise à son piège.» Mais il exerçait sur elle un irrésistible pouvoir d'attraction: un félin puissant, charmant, envoûtant, sensuel et si attirant. Elle avait toujours envie de lui.

Il l'emmena dans un restaurant perdu dans la campagne, au bout d'un chemin de terre – l'Auberge du Pont rouge, parce qu'il y avait devant un petit pont rouge enjambant une rivière. Un endroit bucolique, qu'un Van Gogh aurait aimé peindre dans un autre siècle. Avec une grosse tache rouge épaisse au milieu de la toile. Un charme absolu et si inattendu.

Son artiste avait réussi; en quelques instants il avait emmené Marianne dans un ailleurs, avec lui, un endroit de paix mais bien secret, juste pour eux. Immédiatement ils avaient retrouvé leur intimité, s'étaient pris la main pour renouer un contact resté intact.

Une bonne adresse gastronomique de la province profonde, avec ses hommes d'affaires déjà rougeauds avant même de s'attabler. Son artiste adorait ce genre d'endroit, authentique, loin des mondanités parisiennes. Tous deux partageaient ce même goût pour les choses simples, vraies, qui sonnent nature. Ils échangèrent de longs regards. Cet homme avait la particularité d'avoir un regard en va-et-vient, qui faisait des allers-retours avant de se poser plus longtemps, intensément, pour repartir au loin. Marianne le regardait fixement : tel un serpent, elle cherchait à captiver sa proie.

Elle lui parla beaucoup de son père. Il l'avait vu juste une fois. Cet homme l'écoutait mais elle ne savait jamais ce qu'il pensait ; peu importe, elle continuait à parler. Dans leur relation, c'est elle qui parlait, lui disait peu de mots mais était toujours présent, parfois déroutant.

C'était bon de parler de son père avec cet homme, de raconter cette terrible fin de vie, si douloureuse. Marianne était plongée dans l'épreuve de son deuil ; pourtant elle avait su accompagner son père jusqu'à la fin. Le père et la fille à jamais liés, pour la vie, pour l'éternité. Son père parti dans la sérénité. En paix avec sa fille, dans la transmission.

Marianne raconta ces longs mois qu'elle venait de vivre, quand le dimanche soir, les enfants couchés, elle se mettait à pleurer sans pouvoir se contrôler ; ces dimanches où elle allait rendre visite à son père, réduit à l'état de squelette : 1,84 mètre, 42 kilos d'os.

Quand le corps avait déjà perdu toute vie. Le père et la fille qui se tenaient la main. En totale communion en écoutant la musique de Mozart. Peu de paroles mais toute la force de l'amour entre les deux êtres. Jusqu'à la fin, alors qu'il s'était fermé au monde et aux autres, le père avait toujours reconnu sa fille. Il entendait et comprenait tout ce qu'elle pouvait lui dire dans cet ultime voyage partagé. Alors Marianne lui disait tout, tout ce qu'elle devait lui dire, l'amour, la mort dont elle n'avait pas peur, sa fierté de fille, l'honneur d'hériter de sa dignité d'homme libre et pur.

Marianne avait toujours détesté le dimanche soir.

Service de gériatrie, long séjour, hôpital Charles-Foix, Ivry-sur-Seine.

Un ancien couvent datant de l'époque où hôpital et hospice avaient une seule et même signification, si peu rénové et mal adapté au confort de la modernité. D'interminables couloirs, dans lesquels chaque pas résonnait sur le carrelage glacé. Au milieu de ces couloirs, quelques lourdes portes battantes, obligatoires contre le feu. Au bout, une grande salle commune, et une télévision haut perchée qui hurlait. Des sons et des odeurs terribles. Un vieux fou qui vous prenait le bras au passage. Qui voulait gagner des millions devant une assistance de pauvres vieilles personnes écroulées dans leurs fauteuils. Jean-Pierre Foucault continuait de sa harangue assourdissante. Comment faisait-on pour lui couper le son ? Insupportable Jean-Pierre Foucault. Qu'est-ce qu'ils en avaient à faire, des millions, pour mourir ? Aucun d'entre eux ne regardait ; ils étaient là les vieux, tels des bébés dont le cou ne portait pas la tête, ne porterait plus jamais leur pauvre tête vidée. Des vieux bébés ridés à qui l'on donnait des bouillies pour le goûter, avec des pailles. Et puis, au bout du bout, à la fin de cette interminable marche, dans un coin, tout seul, seul à crever dans son misérable état, avachi dans son fauteuil, la tête penchée en avant, son père. À la porte de la mort.

Ce lieu sordide, Marianne s'en souviendrait toute sa vie ; la vraie confrontation avec la fin de l'existence. Impossible d'y échapper : la mort est partout, elle vous envahit, son odeur vous saisit. Après de longues semaines, Marianne commençait à l'apprivoiser. Un jour, Véronique, une de ses amies thérapeutes, lui expliqua que son père lui faisait un cadeau. Choquée dans un premier temps, Marianne réalisa qu'elle avait raison. Son père avait choisi de partir lentement, permettant ainsi à ceux qui avaient accepté l'idée de cette mort proche et irrémédiable de l'accompagner dans son trajet ultime. Marianne l'avait compris ; elle vécut cette période comme un vrai rite de passage, avec le sentiment profond que la mort de son père, l'être qui l'aimait le plus au monde, allait lui ouvrir de nouvelles portes essentielles dans sa vie. Ce n'était qu'une fois son père mort que Marianne allait pouvoir s'accomplir, aller jusqu'au bout d'elle-même et poursuivre ce qu'il avait initié.

Mais son deuil n'était pas terminé. Il serait long. Nécessité du temps. Elle se sentait suspendue au-dessus d'un grand vide ; son artiste le savait et comprenait toutes ces paroles aux résonances parfois mystiques. Marianne se sentait écoutée, alors elle continuait à parler, parler. Et puis soudain, il lui demanda :

— Et les hommes, Marianne ?

Pas surprise par la question, elle répondit aussitôt :

— Je n'en ai pas vraiment ; beaucoup de prédateurs, séducteurs comme vous avez pu l'être et puis, il y a un homme marié. Mais justement il est marié, donc on oublie.

En prononçant ces phrases, elle se rendit compte qu'elle n'avait pas envie de parler de Matts, ni de faire comprendre à son compagnon du moment qu'elle était prise. Avec lui, c'était plus fort qu'elle. Comme si une petite porte devait rester ouverte sur un possible ; ils étaient encore deux amants potentiels, pas des ex qui avaient déjà basculé dans le camp de l'amitié. Ils ne deviendraient pas des amis puisqu'ils n'iraient jamais au bout de leur histoire, celle de « un jour peut-être ».

À son tour Marianne lui demanda où il en était dans ses amours tumultueuses.

— Je suis toujours avec Marie. J'aime la regarder vivre, mais je ne veux pas de mariage ni d'enfants ; elle est prévenue.

Cet homme avait été trompé par cette Marie alors que, pour une fois, il était vraiment amoureux ; il avait été très blessé, pire, humilié.

Marianne savait qu'il ne faut jamais humilier un homme.

Le repas était terminé. Tout naturellement leurs mains se trouvèrent. Plus de paroles. Un silence que tous deux voulaient goûter. Il commanda un cigare – «un vrai plaisir de bouche», se plaisait-il à dire. Marianne ne put résister ; elle s'approcha de son visage et lui murmura dans le creux de l'oreille :

— J'ai très envie de vous.

Puis elle déposa sur ses lèvres un long baiser.

Marianne aimait ce baiser au goût de cigare qu'elle connaissait bien et qu'elle retrouvait immédiatement comme si elle l'avait quitté la veille. C'était son parfum, sa signature. Et lui adorait la bouche de Marianne, ce joli dessin découvrant de belles dents blanches et droites. Longuement, avec son pouce, il caressa sa lèvre supérieure. Marianne se laissa faire, totalement.

— Tu as une si jolie bouche, un véritable écrin, un trésor émaillé. Tu es très belle, Marianne. Ne change pas.

Non, ce n'était pas une déclaration, ni une séduction de plus, mais une parole sincère. Une pure sensualité émanait de ces deux êtres. Un respect mutuel et profond, un moment rare.

Ils avaient très envie de faire l'amour, comme probablement chaque fois qu'ils se rencontreraient. Mais il n'était plus question de se retrouver dans un lit. Ce séducteur avait déjà eu beaucoup avec Marianne ; s'il voulait plus, il ne restait qu'une seule chose à lui demander : l'épouser. Donc impossible.

Chapitre 12

« Lieu magique, femme merveilleuse, endroit magnifique, amour plein de magie, les M sont à l'honneur. »

— Allo, c'est moi.

— Oui, je sais, TOI.

— Dans ton message, tu as juste oublié un M.

— Que veux-tu dire ? dans le SMS que je viens de t'envoyer ?

— À ton avis ?

— Je ne vois pas... Tu ne l'aimes pas, mon message ?

— Je vais te dire, tu as juste oublié le principal, le M, celui avec une majuscule, tu ne vois pas ?

— Non, désolé, je ne vois pas.

— C'est dommage, c'est le seul qui m'intéresse. Le M de je t'M, celui de la vie avec un grand M.

— Oui, évidemment... Je ne suis pas encore habitué à écrire « aime » avec juste une seule lettre. Question de génération peut-être... Ce sera pour le prochain SMS.

— Je l'attends.

Matts et Marianne avaient abandonné subitement le vouvoiement des premiers temps. Marianne la première en avait pris l'initiative, comme si ce vouvoiement qui leur allait si bien était un obstacle de plus à leur rapprochement. Il y avait déjà trop de distance entre eux, celle des kilomètres parcourus par les TGV, celle des années d'écart, celle du statut marital et social. Pas la peine de rajouter une dose supplémentaire.

Marianne, petite fille gâtée, perpétuellement insatisfaite. Avec Matts, elle se surprenait à jouer ce jeu telle la gamine qu'elle avait été dans son enfance, qui pouvait toujours en demander plus et qui finalement l'obtenait, son père ne pouvant dire non aux désirs de sa fille. C'était tellement bon de pouvoir se sentir à nouveau gâtée, de pouvoir exprimer ses désirs les plus fous et les plus anecdotiques à la fois. Cet homme l'aimait, passait sa vie désormais à lui faire des déclarations et Marianne en réclamait encore.

Matts venait de la quitter alors qu'elle reposait dans un lieu magique où il avait réussi à la rejoindre pour quelques jours, grâce à un mensonge, un de plus – un séminaire avec des clients. Un endroit de rêve qui faisait partie des secrets de Marianne. Elle avait ce don pour dénicher les lieux vrais, beaux, luxueux par leur beauté, leur calme, leur élégance, leur rareté, leur tranquillité.

Elle avait quitté Paris pour quelques jours avec ses enfants. Elle avait besoin de respirer, de prendre une immense bouffée d'air nouveau, de sentir la vie autour d'elle, la nature bouger, vibrer, après avoir clos un long épisode de perte et de mort. Fidèle à elle-même, elle avait choisi un endroit sur la côte, elle qui était une inconditionnelle de la mer. C'était un véritable refuge; elle s'y sentait chez elle, y avait ses habitudes, ses masseurs préférés, ses salades de mangues favorites. Elle pouvait faire beaucoup de sport, de la course, de la natation mais aussi du yoga et de la relaxation avec une femme qu'elle appréciait beaucoup. Une belle Eurasienne au prénom magique d'Odyssée, qui semblait être arrivée sur terre pour apporter la paix et faire du bien aux autres.

Marianne avait cette chance dans sa vie, celle de rencontrer des êtres hors du commun avec qui elle savait faire un bout de chemin. Elle prenait.

Elle adorait converser avec cette femme. À elle aussi, elle raconta le départ de son père. Elle avait besoin de parler, encore trop de souffrance dans son for intérieur. Elle lui dit aussi cette relation improbable qu'elle entretenait avec Matts, ce vide qu'elle sentait encore si fort autour d'elle, ce fil si ténu sur lequel elle était perchée, en devant lutter en permanence pour préserver l'équilibre et ne pas tomber...

Odyssée redonnait, le temps de quelques séances, confiance et sérénité à Marianne avec ses sages paroles imprégnées de philosophie bouddhiste, des paroles simples qui énonçaient l'évidence de vérités qui s'imposent d'elles-mêmes. Odyssée avait vécu une grande partie de sa jeunesse en Asie, en Thaïlande et au Vietnam. Sa mère était thaïlandaise, son père français mais elle se sentait tellement plus proche de ses origines maternelles. Cette femme était d'une sérénité et d'une douceur rares ; elle avait un très beau visage lisse aux traits parfaits, une mâchoire carrée, un regard profond et bienveillant, des cheveux coupés très courts qui mettaient en valeur ses pommettes hautes. Odyssée apprenait à Marianne à se représenter autrement, à avoir une autre perception de l'espace, une autre sensation de l'énergie émanant de son corps. Elle lui apportait cette sagesse venue de l'Orient. Marianne avait toujours éprouvé ce besoin de l'Asie, qui lui venait du vide qu'elle ressentait dans sa vie et de son éducation cartésienne occidentale. Ses nombreux voyages en terre bouddhique avaient assurément marqué sa personne, lui avaient appris à trouver une certaine paix intérieure, à prendre une distance à l'égard d'elle-même, à faire le silence en elle ; elle avait appris là-bas l'effort qu'il fallait faire pour se détacher de ce que l'on veut tenir compulsivement entre les mains. Elle avait retenu quelques leçons qui lui avaient permis de traverser les épreuves de la vie et d'en sortir plus forte.

Au fil de ces journées passées au contact de cette femme venue d'une autre planète, Marianne réalisa à quel point elle avait besoin de se retrouver, à quel point aussi Matts la projetait dans une douleur insupportable. Cette histoire était trop lourde à porter sur ses frêles épaules, l'empêchait de retrouver sa légèreté de vivre, sa vraie gaieté. Lentement mais sûrement au cours de ces quelques jours, une décision monta en elle : celle de quitter Matts, de lui annoncer l'impossibilité définitive de leur histoire.

Cette pensée qui prenait corps en elle lui apportait déjà un soulagement. La distance, le temps de la réflexion, les sages paroles d'Odyssée l'aideraient à avancer sur ce chemin de la séparation inéluctable.

Un matin, Marianne partit plus tôt que d'habitude faire sa longue nage dans la mer, seule au milieu du silence de la nature. Cette natation quotidienne était son élixir de forme et d'équilibre ; son corps avançait dans l'eau fraîche et transparente, son esprit s'apaisait dans la solitude et l'harmonie. Encore froide, la mer, à cette époque de l'année, mais tonique. La saison venait à peine de commencer. Ce matin-là, alors qu'elle nageait depuis quelques minutes à peine, Marianne s'aperçut qu'elle n'était pas seule ; une présence se faisait sentir de plus en plus pressante derrière elle. Elle commençait à entendre le souffle profond et intense d'un homme qui devait être sportif, habitué à l'entraînement. Son crawl était puissant et son corps avançait avec une grande fluidité dans l'eau. Ce bel animal ne la menaçait d'aucune manière mais semblait de toute évidence rechercher le contact. Marianne avait de l'avance et parvint la première à son rocher préféré, qui venait marquer chaque matin son point de retour. L'homme, qui la suivait de près, vint l'y rejoindre quelques instants après. Cette apparition du matin avait le visage et le corps d'un très bel homme, au-delà de ce qu'elle avait pu imaginer en ressentant sa présence tandis qu'il nageait derrière elle. Puissant, musclé, grand, un visage au grand front intelligent, une bouche magnifiquement dessinée ; un Apollon surgi des flots qui venait faire ses hommages matinaux à la belle Marianne. Un mirage.

— Je ne voudrais pas vous importuner, mademoiselle, mais me permettez-vous de rester quelques instants sur ce rocher ? Vous nagez très bien.

— Je n'ai pas eu peur, mais c'est vrai que je ne suis pas habituée à partager cette mer et mon îlot. J'avais même fini par croire qu'ils m'appartenaient. Mais je veux bien vous faire une petite place ; vous n'avez pas l'air dangereux. Je me présente, je m'appelle Marianne Lefranc.

— Marc Painvilliers.

— Marc Painvilliers... mais vous... vous êtes bien... euh, vous êtes vraiment...

— Oui, c'est bien moi. Nous sommes au Palm Beach en congrès national. Je suis arrivé tard hier soir.

— Ah... je comprends mieux maintenant pourquoi toute cette sécurité dans l'hôtel depuis deux jours... Je pensais qu'il devait y avoir une personnalité étrangère. Je ne sais pas pourquoi je pensais à un étranger... C'est donc vous qui êtes la cause de toute cette agitation ! Effectivement, il ne peut rien m'arriver avec vous sur ce piton rocheux. À moins que nous ne soyons poursuivis par des terroristes déguisés en hommes-grenouilles qui guettent notre prochain plongeon...

— On ne sait jamais ! De toute façon, je ne fais qu'un bref passage éclair, je n'aurais même jamais dû venir jusque-là. Je vais devoir vous quitter, je me suis déjà trop attardé, je ne peux pas faire attendre. Voilà, madame, mademoiselle... Marianne, si vous permettez. C'est finalement assez injuste... Vous savez qui je suis, et moi je quitterai ce rocher sans rien savoir de plus sur vous, sinon que vous êtes jeune, sportive et une excellente nageuse.

— Je serai la sirène du rocher. Cela me convient assez bien. Vous ne devez pas en rencontrer tous les jours... mais je ne veux pas vous retenir plus longtemps. Les minutes sont comptées, vos gardes du corps doivent commencer à s'inquiéter.

— C'est vrai, je dois filer. Je n'oublierai pas cet instant que je viens de partager avec vous, Marianne. Il éclairera ma journée. Au revoir !

— Au revoir, Marc ! Permettez-moi de vous appeler ainsi. Difficile de vous appeler autrement du haut de ce rocher, en maillot...

— Je vous en prie, votre spontanéité me fait du bien. C'est devenu si rare dans ma vie.

Et le beau nageur de l'aube s'en alla comme il était arrivé ; discrètement, sans faire de bruit.

Cette rencontre du petit matin mit Marianne d'excellente humeur. Que la vie peut être insolite, pensait-elle, et offrir des moments si inattendus. Rencontrer un homme d'État sur un îlot au milieu des eaux, à l'heure où le soleil offre ses premiers rayons, ce n'était pas prévu dans l'horoscope du jour.

Encore un M... un de plus... très officiel celui-là. Le SMS de Matts ne croyait pas si bien dire...

« Les M sont à l'honneur. »

Marianne ne tarda pas à repartir vers la terre ferme, comme si elle éprouvait une envie soudaine de se retrouver au plus vite dans son hôtel, habillée, maquillée, prête pour rencontrer à nouveau, au détour d'un couloir ou d'un ascenseur, son Poséidon du matin. Très troublant.

Les enfants l'attendaient pour partager le petit-déjeuner. Le repas préféré de Marianne, surtout au Palm Beach, surtout après avoir nagé le matin. Le buffet y était somptueux. Il y avait d'abord l'espace dédié aux céréales, pains variés, *corn flakes* et mueslis, lait de vache et lait de soja. Puis l'espace salé, les tranches de saumon fumé, de jambon, les fromages. Puis les viennoiseries, les brioches, les cakes et quatre-quarts, les grands saladiers de fruits frais coupés, ananas, mangues, melons et papayes, salades de fruits, compotes de rhubarbe, de pommes et de pruneaux, les yaourts et fromages blancs, et enfin la farandole de confitures et de miels. L'éden des délices. Marianne avait faim. Son petit-déjeuner était sacré. Surtout ne pas la déranger, au risque de la mettre de mauvaise humeur pour toute la journée. En vraie gourmande, elle prenait le temps de se composer de belles assiettes. Pas question non plus de manger trop de sucres ou de graisses. Priorité aux fruits et aux pains complets pour les glucides lents complexes. Les enfants faisaient exactement l'inverse. Ils essayaient tout, prenaient pour prendre, accumulaient les aliments dans leurs assiettes, grignotaient et laissaient des morceaux entiers entamés, mordus, décomposés, en miettes. Chaque matin, Marianne s'adonnait inlassablement à un dur travail d'éducation alimentaire. Répétition des mêmes messages. Encore et encore. Ne pas gâcher, ne pas laisser, se tenir correctement, ne pas parler fort, mettre les mains sur la table, manger lentement. Marianne avait du mal avec l'obligation de répéter constamment. Aimer n'est pas éduquer.

Ce matin-là, devant son assiette et sa tasse de thé vert du Japon, dans une excitation soudaine, Marianne se rendit compte qu'elle aimait au fond s'emballer pour des hommes, des situations par définition impossibles. Comme si au fond d'elle, après ce terrible divorce, elle évitait inconsciemment toute relation promise à l'engagement. Elle était en permanence en proie aux plus profondes contradictions. Oui, bien sûr, elle avait un irrépressible besoin de recommencer une vie à deux ; un foyer, une maison qui vit, des repas partagés, son homme dans son lit tous les soirs, des chemises à repasser, le parfum de vétiver ou de lavande (au choix) le matin dans la salle de bains, un réfrigérateur qui se vide et se remplit tous les jours, du courrier au nom de monsieur et madame sous la porte chaque matin. Une petite vie rassurante et banale que l'on voudrait reconstruire malgré tout, mais aussi et surtout pour combler un grand vide, celui du foyer peut-être encore plus que celui de l'amour. Et pourtant Marianne se sentait par ailleurs si libre et indépendante, nourrissant de multiples projets à la fois ; difficile à suivre, comme tous les êtres curieux, elle s'imaginait en permanence exercer dix métiers plutôt qu'un, parcourir le monde à la rencontre d'univers nouveaux, sans vraiment se poser nulle part, être capable de suivre un être qu'elle aurait rencontré au petit matin sur un rocher au milieu des flots. Elle s'était toujours sentie trop libre de pensée et d'action pour accepter de s'enfermer dans sa vie professionnelle et personnelle. Mais elle avait payé si cher qu'elle n'osait déjà peut-être plus prendre de risques. « Je n'ai plus 20 ans, pensa-t-elle, et j'ai la charge de ces deux petites âmes. »

Avec le congrès national, le bel hôtel avait perdu de sa tranquillité et de sa sérénité ; les gardes du corps, la sécurité, la police étaient omniprésents et peu discrets. Marianne s'en agaça très vite et décida d'écourter son séjour. Aucun intérêt de rester dans cet endroit plus longtemps, si ce n'était peut-être de faire le lendemain matin la même rencontre. Mais non, ces moments ne se décident pas, ils viennent à vous quand la vie le décide. Et puis, il était temps de rentrer à Paris, d'appeler Matts, de dîner avec lui et de renoncer.

Le soir même, Marianne prévint la réception de son départ devancé au lendemain ; alors qu'elle s'en retournait à sa chambre, le directeur de l'hôtel l'interpella.

— Madame Lefranc, s'il vous plaît.

— Oui, monsieur Divert.

Depuis le temps que Marianne fréquentait cet endroit, elle n'y était plus une cliente anonyme ; elle faisait partie de ce qu'on appelle les habitués.

— J'ai un message pour vous, madame. Vous êtes bien allée nager ce matin très tôt ?

— Oui, en effet... Je ne comprends pas.

— Écoutez, on m'a donné quelques instructions avant de vous remettre ce message. On m'a demandé entre autres de m'assurer que vous étiez bien la personne qui était allée nager ce matin vers 7 h 30, que vous vous êtes arrêtée au rocher, que vous portiez un maillot de bain une pièce couleur bleu turquoise.

— C'est bien cela, c'est bien moi.

— Tenez, alors, ce message est pour vous.

— Merci, monsieur le directeur.

Sans plus tarder, en marchant vers l'ascenseur, Marianne ouvrit l'enveloppe, déplia la feuille blanche :

« Marc P. 06 65 65 65 65. J'attends votre appel. »

Marianne était perplexe. Cependant elle avait espéré au fond d'elle la journée durant un signe de cet homme. Perdue dans ses pensées, elle s'interrogea : « Que dois-je faire ? Pourquoi appellerais-je cet homme ? Que me veut-il ? Pourquoi m'embarquerais-je dans une histoire aussi insensée ? »

Elle voulut se débarrasser au plus vite de ce message si encombrant et se décida à appeler aussitôt, priant pour tomber sur la messagerie. « Non, je ne veux surtout pas lui parler, juste lui laisser mes coordonnées et remettre la balle dans son camp. » Chose dite, chose faite. Marianne s'empara de son téléphone, voulut composer le numéro. Angoisse de tomber sur une voix féminine de secrétaire particulière qui lui poserait des questions absurdes auxquelles elle ne trouverait aucune réponse.

— Bonjour, je suis la jeune femme du rocher au milieu des flots, la sirène au maillot turquoise…

Totalement ridicule… Tant pis, Marianne se jeta à l'eau. Elle tapa les dix chiffres.

OUF !! Messagerie directe, celle de l'opérateur, rien de personnalisé... Après un instant de doute, Marianne se décida à parler. Oui, cet homme d'État, homme public n'ayant plus rien à lui, vivant une vie dans laquelle tout était transmis aux conseillers, aux secrétaires, aux gardes du corps, à l'entourage, avait un portable bien à lui, à usage exclusif et personnel.

— Bonjour, je viens d'avoir votre message. Marianne Lefranc. Je n'irai pas nager demain, je dois retourner à Paris. Je vous laisse mon numéro à mon tour : 06 44 44 44 44, pour une autre rencontre nautique dans un autre lieu, qui sait ?

C'était fait. Marianne n'appellerait plus ce numéro. Elle voulut le jeter immédiatement mais ne put pas ; elle fit tout le contraire en l'enregistrant dans son répertoire.

La parenthèse de bien-être et de délices égoïstes devait se refermer. Paris et Matts attendaient Marianne.

— Tu es libre pour dîner ? On se retrouve au 116 ?

— Oui, si tu veux. Je n'avais pas compris que tu devais rentrer si tôt.

— Si, tu sais, il faut peut-être que je me remette sérieusement à travailler. À ce soir alors ?

— Oui, à tout à l'heure.

Et Marianne raccrocha sans prolonger davantage la conversation. Elle était si mal à l'aise, décidée à quitter Matts sans y croire vraiment au fond d'elle.

Ce soir-là, elle était plus belle que jamais : elle ne l'avait pas fait exprès. La mine bronzée et reposée, ses cheveux blonds avec la bonne coupe et la bonne longueur, le pantalon de daim clair, le cardigan en cachemire chocolat à même la peau, pas de bijou – Marianne n'en portait plus depuis son divorce –, l'allure chic et décontractée.

Lorsqu'elle arriva au restaurant, Matts était déjà installé à la table qui leur avait été réservée, l'attendant avec l'incontournable bouteille de sauvignon.

Marianne avait décidé d'être directe, d'entrer immédiatement dans le vif du sujet en guise d'apéritif, histoire de donner le ton au dîner :

— J'ai une question à te poser, Matts. Est-ce que tu peux me prouver que je ne gâche pas ma vie à t'aimer ?

Matts en fut interloqué. Pourtant il connaissait bien Marianne, son ton direct et souvent provocateur ; mais cette fois c'était abrupt, trop violent.

— Ouf…! Si tu le prends comme ça… Tu aurais dû me prévenir, j'aurais mis mon armure ! Moi qui pensais passer une soirée agréable…

— Écoute, Matts, je sais que la vie est très compliquée pour toi. Tu voudrais que chaque moment que l'on passe ensemble soit un moment de paix, mais au point où nous en sommes, tu ne peux plus rester la tête enfouie dans le sable. Notre relation ne peut plus durer. Elle en devient absurde. Notre amour ne peut plus vivre caché, ce n'est pas digne de toi, de moi, de nous. L'amour, notre amour a besoin de se socialiser pour exister. Rien n'avance. Je ne serai pas indéfiniment la numéro 2 qui vit cachée dans son coin. Si je suis réellement ta star, je dois être désormais sur le devant de la scène, avec toi; et si on ne peut pas partager la vie ensemble on devra apprendre à s'oublier.

Matts reçut ces paroles en pleine figure. Il prit tout à coup un air à la fois triste, résigné et accablé. Il s'y était attendu, sans avoir jamais voulu y croire. Il avait sans cesse pensé que Marianne pourrait, devrait même le quitter. Il envisageait cela comme une catastrophe possible. Ce soir-là, il était réellement en pleine catastrophe.

— Je sais tellement tout cela. Tu as raison.

Il n'y avait rien d'autre à dire. Matts était dans un tunnel. Il n'avait toujours pas la moindre idée de l'issue possible à cette situation inextricable. Sa femme d'un côté, qui désormais savait tout, avec qui il temporisait en évitant toute discussion. Marianne de l'autre, qu'il allait finir par perdre inéluctablement. S'il se mettait à raisonner objectivement, il arrivait alors à la conclusion qu'il n'y avait pas plus de place pour l'amour dans cette vie à l'avenir rétréci. Tout son environnement familial voulait lui renvoyer cette image de grand-père qu'il devrait bien finir par accepter. Déchiré, tiraillé dans tous les sens, une intuition essentielle, du fond de ses entrailles, lui murmurait cependant le contraire. Marianne incarnait son futur, l'énergie de ses lendemains, le devenir à construire. Matts resterait jusqu'au bout de sa vie un homme de conquête; consolider les acquis, ce n'était pas pour lui. Il avait 55 ans mais n'avait rien. Pour lui, professionnellement, matériellement, la page était vierge. Seules les années d'expérience comptaient.

Parfois, il avait une vision d'insomniaque de sa propre fin : il aurait tout perdu, son amour, sa tranquillité, sa famille, n'étant plus qu'une pâle ombre dévouée aux autres, désespérément seul avec pour ultime refuge l'écriture.

Il était dans l'impossibilité de parler, dans l'incapacité d'avancer, de formuler un projet. Tout était figé. Matts et Marianne étaient paralysés dans leur amour, prisonniers, piégés. Elle avait décidé de défaire les chaînes. Il ne pouvait qu'avouer son impuissance.

À côté d'eux, une table venait de se faire remarquer dans tout le restaurant ; un homme et une femme, la soixantaine passée. Lui avait une grosse tignasse poivre et sel, était grand, robuste, et parlait d'une voix très forte qui résonnait dans toute la salle. Elle avait un visage très doux, était élégante, habillée toute de noir. L'homme s'était mis à parler de plus en plus fort, il devait déjà avoir trop bu. Il ne cessait de lui répéter :

— Avec toi, c'est toujours la même chose. Tu ne comprends rien, tu n'as jamais rien compris. On s'en va. On ne reste pas ici.

— Non, je ne partirai pas, je veux un dessert, lui répondait-elle d'une voix posée.

— On part.

— Non, je reste.

Tout à coup, une chaise se renversa dans un grand fracas. L'homme maladroit et en colère, embarrassé par son grand corps, faisait une sortie digne d'un adolescent en pleine crise.

— Moi, je reste. Je vais prendre un dessert, continuait-elle de lui dire, alors qu'il avait déjà enfilé son imperméable et, le portefeuille à la main, s'apprêtait à payer à la caisse.

Se retrouvant seule à sa table, la femme sut rester d'une dignité étonnante, comme si elle était habituée à ce genre de scène. Calmement, elle dégusta son gâteau au fromage au coulis de fruits rouges. Elle but ensuite un café et s'en alla.

Matts aurait voulu inviter cette femme à leur table. Il avait été si choqué par le comportement de son compagnon. L'irrespect lui était insupportable. Marianne l'en empêcha.

— Ne fais pas cela. C'est très gentil de ta part, mais cela peut être perçu comme offensant. Je pense qu'il ne vaut mieux pas entrer dans les histoires des autres.

L'âge de cette femme rendait la situation encore plus humiliante.

Cette scène insolite qui avait fait irruption au milieu de leur dîner en avait changé le cours. Tous deux avaient ressenti la même émotion. Leur histoire ne finirait pas sur une banale discussion animée par l'alcool, sur un esclandre un soir dans un restaurant.

— À quoi penses-tu ? lui demanda Marianne pour reprendre le fil de la conversation.

— À toi ; je te regarde.

— Je sais, tu me réponds la même chose chaque fois.

Ce soir-là, Marianne n'irait pas à gauche et Matts à droite ; impossible pour l'un et l'autre de se quitter quand l'amour est là, si fort.

Ils étaient déjà allés trop loin.

Elle l'accompagna à son hôtel.

Chambre 47, la chambre de la première fois, celle du 7 avril. La même toile de Jouy rose aux murs.

Un signe annonciateur, comme si la boucle devait se boucler.

Une nuit de folie, de fusion et de passion comme jamais.

Adoration. Deux êtres totalement captifs. À égalité. Les velléités restaient vaines dès que leurs deux corps ne faisaient plus qu'un, dans la plus évidente des magies, comme si eux seuls existaient, commandaient leur futur et les faisaient vivre.

L'un comme l'autre étaient dans la totale incapacité de choisir la touche sur laquelle appuyer : *END* ou *START* ?

Chapitre 13

« Le 6 à 7 h 30 – RV pour 30 longueurs, grand bassin du Cercle. J'y serai et vous y attends. »

Et voilà… alors que Marianne avait oublié l'épisode rocher-sirène-Apollon, le SMS arrivait sans prévenir au moment où on l'attendait le moins et on ne savait quoi en faire. Un SMS sans appel, qui ne demandait pas une réponse mais de l'action. Marianne devait être à ce rendez-vous ; elle y serait.

Un lieu de natation pour une rencontre de séduction. Rendez-vous plutôt contradictoire mais qui obligeait d'être au top de sa forme ; rien à cacher, rien à maquiller. Restait alors à être vêtue du plus beau maillot, celui qui lui ferait un corps de rêve (ou presque). Pour ce rendez-vous unique, Marianne décida d'investir dans le une-pièce de sa marque préférée, qui dessinait parfaitement les lignes du buste tout en masquant celles des hanches. Elle n'avait pas besoin de ce nouveau maillot qui coûtait une fortune, mais il lui fallait absolument se sentir à son meilleur, dans son corps et dans sa tête. Dieu sait pourquoi, loi de la séduction permanente oblige, dans ce monde où désormais l'ascension se fait surtout grâce à l'apparence et à la beauté.

« Le 6 à 7 h 30... ».

Marianne hésita. Pour la première fois depuis sa rencontre avec Matts, elle imaginait cette possibilité : elle pourrait le tromper. Ce pressentiment lui faisait peur. Il n'était pas écrit que cet amour se terminerait sur une banale histoire de tromperie, ce serait indigne d'elle, et de lui aussi. Mais elle avait besoin de déclencher le cours des événements, quelque chose devait se passer, et l'envie de provoquer fut plus forte que ses hésitations. La période d'attente était terminée. Elle voulait désormais reprendre la barre.

Une fois encore, son horaire dut être bousculé. Date et heure impossibles pour Marianne. Le 6 était un samedi. Marianne s'était engagée. Elle avait promis à son amie Marie qu'elle serait ce jour-là dans sa maison du Perche. À la campagne, à deux cents kilomètres de Paris. Marie avait organisé une fête pour rendre la vie plus gaie. Pour partager des moments précieux d'amitié à défaut de tête-à-tête amoureux. Marianne lui avait même proposé de l'emmener avec sa voiture le vendredi soir afin qu'elle puisse être à pied d'œuvre dès le samedi matin. Quelle histoire absurde, qui aurait pu y croire ? Qui aurait cru à ce rendez-vous avec un ministre pour faire quelques brasses matinales ? Grotesque. Même son amie Marie ne pourrait avaler tout cru ce qu'elle penserait être un mensonge indigne venant semer le trouble dans une confiance amicale inébranlable. Encore une fois, Marianne s'en voulait d'être à ce point l'otage de ces messages inopinés. Encore une fois, condamnée au présent, tout projet dans le futur étant voué à une perpétuelle remise en question... Et si elle se décidait à vivre le téléphone éteint ? Pour commencer une nouvelle vie... juste pour essayer...

Ce 6 juin, Marianne se présenta à l'entrée du Cercle ; elle n'était pas membre mais connaissait l'endroit. Une de ses amies l'y avait emmenée quelques fois, pour partager avec elle « en invitée » ses séances de natation. Le bassin était grand, un bassin de natation de 20 mètres seulement mais où il était possible de faire de vraies longueurs.

— Je m'appelle Marianne Lefranc, je suis attendue par Marc Painvilliers.

— Bonjour, madame Lefranc. Effectivement, vous êtes attendue.

Le Cercle était désert, comme s'il avait été privatisé pour l'occasion. Elle se dirigea instinctivement à gauche pour y trouver les vestiaires des femmes. Il était 7 h 25 ; il ne lui restait que cinq minutes pour se changer et se présenter au bassin. Les minutes de cet homme étaient comptées ; il n'était pas question d'en perdre une.

Marianne fit vite, sortit de sa cabine, s'empara d'une grande serviette dont elle entoura son corps, cachant ainsi les hanches et les cuisses qui n'étaient pas celles d'une jeune mannequin de 20 ans. Après être passée rapidement sous la douche, elle arriva au bassin ; il était 7 h 30. Marc était là, avec ses deux gardes du corps, évidemment.

— Vous êtes extrêmement ponctuelle, Marianne ! Merci d'avoir accepté mon invitation. Je n'étais pas sûr que vous viendriez.

— Vous voyez, je suis là ; je ne pensais pas que vous douteriez de ma venue.

— Comme quoi, le doute ne doit jamais me quitter... Vous êtes en forme ?

— Vous savez, avant de nager je ne me pose pas vraiment cette question ; je n'ai pas toujours forcément envie d'aller nager ou de courir ; parfois les premières minutes sont vraiment dures. Mais jamais je n'ai regretté de l'avoir fait, alors je ne peux plus m'en passer.

— On y va ?

— Oui, mais vous nagez plus vite que moi. Je ne chercherai pas à faire la course.

— Moi non plus, Marianne ; je ne vous ai pas fait venir pour vous tester, je voulais juste nager avec vous. Je n'ai encore jamais rencontré quelqu'un qui m'ait donné l'envie de partager la natation.

— On est partis ?

Marianne et Marc en simultané, plongeon dans cette eau offerte qui les attendait pour leur plus grand bien. L'eau les unit, dans un retour à des sensations pures et originelles. Cette rencontre née sous le signe de l'eau apportait sans doute à cet homme qui ne s'appartenait plus et qui vouait sa vie entière à l'État et à la chose publique une parenthèse essentielle durant laquelle il pouvait renouer avec ses sensations d'homme d'hier et d'aujourd'hui, retrouver l'espace de quelques instants une harmonie totale de son corps et de son être.

Tous deux devaient se concentrer sur leurs mouvements, leur souffle, leur rythme, mais autant l'un que l'autre devait maîtriser, à chaque seconde qui passait, une pulsion inconsciente de se toucher, de se trouver dans un corps à corps et d'unir subitement leurs bouches dans un baiser sous-marin sans fin.

Joli fantasme; il est toujours permis de rêver.

Il n'en fut rien pourtant dans le grand bassin du Cercle. Évidemment. Marianne et Marc parcoururent leurs trente longueurs, échangeant parfois un regard complice. Marc prit soin de suivre le rythme de Marianne sans l'obliger à l'accélérer. C'était la première fois. Peut-être la dernière aussi. Ce matin-là, comme celui de leur première rencontre, cet homme et cette femme apprenaient à se connaître en dehors de tout habit social, ils ne pouvaient rien brusquer, ne sachant probablement ni l'un ni l'autre dans quelle histoire ils pouvaient ou voulaient s'embarquer. Ils étaient là côte à côte, ayant déjà découvert le corps de l'autre, évalué les petits défauts physiques, le comportement dans l'effort, ressenti un contact charnel, une présence sensuelle, une odeur de peau malgré le chlore.

Il était 8 h 10 à la grosse horloge Rolex (piscine chic oblige). Marc avait déjà pris du retard sur son horaire de la journée, réglé au quart de tour. Il devait sortir de l'eau. Marianne le suivit pour le saluer.

— J'aimerais vous voir un jour habillée et coiffée. Peut-être que je risque de passer à côté de vous sans vous voir, Marianne...

— Vous croyez ?

— Non, à vrai dire, je ne crois pas. Je devrais reconnaître votre sourire et votre regard. Merci de m'avoir accompagné ce matin. À bientôt, Marianne, je dois filer. Vous permettez que je vous embrasse ?

Sans avoir le temps de répondre, elle se laissa faire ; Marc posa ses mains sur ses épaules, s'approcha, près, très près, et déposa un long baiser sur chacune de ses joues encore mouillées. Moment de vraie douceur inattendu ; Marc pouvait être un homme d'État, il n'en était pas moins tendre.

Marianne le laissa partir devant. Il se retourna une fois, lui fit un petit signe et disparut entouré de ses deux gardes du corps.

Elle avait encore envie de nager pour rester dans ses pensées. Elle s'offrit une séance natation-détente. Elle n'avait pas un emploi du temps de ministre, elle pouvait se le permettre, la journée avait à peine commencé ; elle avait encore un peu de temps avant de partir pour la campagne, rejoindre l'amie qu'elle avait la veille lâchement abandonnée.

Alors qu'elle se retrouvait de nouveau dans l'eau, sur le dos, les bras au-dessus de la tête, elle s'interrogea sur le sens à donner à cette rencontre, à sa présence aux côtés de cet homme dans cette piscine, cet homme avec qui elle avait échangé à peine quelques phrases. Par jeu pur, par séduction uniquement, par irrésistible attraction du pouvoir... Non, pire que tout : une fois encore Marianne tombait dans le piège de l'attirance physique. Un corps séduisant, à l'épreuve, en mouvement, l'effort physique comme justification de la rencontre, dans le secret, tout semblait concourir pour mener l'excitation de Marianne à son comble, comme si elle en avait besoin pour mieux s'aider à vivre son sevrage de Matts qui devait irrémédiablement commencer.

Elle profita encore du bassin durant de longues minutes, seule ; les membres de ce Cercle n'étaient pas des lève-tôt. Peu d'hommes d'affaires, surtout de vieilles dames très fortunées qui venaient soulager leurs lombaires dans l'apesanteur aquatique. Marianne souhaitait prolonger ce moment inédit, qui avait passé à la vitesse de l'éclair. Marc Painvilliers n'avait rien à dire, ne pouvait rien dire. Et parler la tête sous l'eau était difficile ; l'exercice de la natation permettait d'éviter celui de la conversation. Ses rencontres avec les femmes ne pouvaient être que physiques. Comment imaginer quoi que ce soit d'autre ?

De toute évidence, cet homme était de la race des vrais séducteurs. Marianne avait beaucoup de mal à lui résister. Elle avait appris à dire non à beaucoup de choses, mais pas encore aux hommes brillants au physique répondant à ses critères esthétiques. À ce moment précis, elle avait besoin de se rassurer, de sentir qu'elle pouvait être attirée par d'autres hommes que Matts, qu'il pouvait y avoir un après-Matts. Seulement, avec Marc, elle mettait la barre hors d'atteinte, peut-être précisément pour être certaine de ne pas l'atteindre. Juste pour tester. Pas pour agir et franchir le cap, du moins pas encore. Elle était pleinement consciente d'avoir besoin d'être emmenée très loin, vers des sensations inédites et exceptionnelles, pour oublier cet amour dévorant. Marianne demeurait un animal perdu, et semblait réagir comme si elle était toujours traquée, jamais en paix. Mais au moins elle n'était plus inquiète. Au fond, elle avait seulement pris le parti d'accueillir les événements tels qu'ils se présentaient sans essayer d'en prendre le contrôle.

Chapitre 14

« Des jours sans câlin. Chagrin. FIN. »

Plus que jamais après ses aventures aquatiques avec un haut dignitaire de l'État, Marianne était décidée à ne pas revenir en arrière. La vie était là, s'offrait à elle tous les jours, saurait lui réserver d'agréables surprises si elle savait garder l'œil ouvert, curieux et disponible. Plus que jamais elle en avait la conviction : il ne fallait pas attendre Matts. À l'impossible nul n'est tenu.

La souffrance était là, inéluctable. En voulant dire *stop*, Marianne devait s'apprêter à s'enlever un morceau de chair. Ça ferait mal, très mal ; mais il vaut toujours mieux être celui qui part que celui qui reste, pensait-elle.

Marianne décida d'envoyer à Matts un SMS de rupture à la fois explicite et énigmatique, et de ne plus répondre à ses appels. Un doux message de rupture, s'il voulait bien l'entendre ainsi. S'il ne voulait pas comprendre, se disait-elle, elle lui enverrait un long courriel. Elle connaissait bien Matts. Il avait trop de respect pour son amour. Il ne la persécuterait pas.

Elle savait depuis le début qu'ils n'avaient pas le cœur réglé à la même heure. Celui de Marianne avait dix ans d'avance sur celui de Matts. *Flashback* impossible. Dix ans plus tôt, il l'aurait emmenée immédiatement à l'autre bout du monde et lui aurait fait toute une farandole de jolis petits. C'était probablement la seule conviction qu'il pouvait avoir au fond de lui ; il ne cessait de lui répéter ces mots.

En écrivant son message définitif, Marianne se sentit orpheline. C'était aussi son époque qui voulait cela ; pas de héros à admirer – ses *rock stars* préférées avaient passé le cap des 60 ans, même si Mick avait toujours son allure de lutin bondissant et la voix de ses 20 ans –, pas de famille, pas de religion, pas de dieu… Un seul destin, celui de sa génération : devenir un animal égoïste (on préférait parler d'individualisme) consommant pour lui seul… pour remplir un grand vide laissé par la société. Un animal centré sur lui-même, atteignant les sommets de la perversion narcissique avec son téléphone portable accroché en permanence à l'oreille et ses écrans multiples.

Qu'il était difficile de penser le futur alors qu'il fallait désormais être ici et là en même temps, se précipiter dans cette fuite accélérée du temps, à vouloir tout vivre, à devenir des zappeurs fébriles, par peur de construire alors que l'homme se menaçait toujours davantage lui-même. Alors, autant vivre chaque instant à fond, puisqu'on n'était pas sûr d'être encore là pour le suivant.

Mais Marianne tentait de toutes ses forces de lutter contre cette nouvelle dictature des temps modernes qui imposait d'en faire toujours plus, d'être partout et nulle part à la fois, de ne vivre que dans l'instant, un présent permanent s'imposant à chaque seconde comme une urgence.

Dans sa condition subite de femme solitaire en deuil, Marianne était tombée dans le piège de la dépendance au portable ; à cause de celle-ci, en étant reliée à l'autre en tout temps, elle s'était créé à son insu des dépendances amoureuses.

Et aujourd'hui, elle oscillait entre ses deux pathologies favorites : la dépression et la dépendance. Un parfait animal contemporain.

Ce portable adoré la remplissait de l'autre, était devenu sa nourriture affective. Boulimique, avide de messages, de sentir l'autre présent, connecté à elle, à son corps et son cœur. Objet témoin intime de sa vie, impossible de s'en défaire, de le jeter. Pire encore, après avoir été son sauveur, il était devenu son unique compagnon de tous les instants.

L'heure de la désintoxication avait sonné. C'était devenu une question de survie.

Marianne entrait en période de sevrage. Elle savait casser ses habitudes, changer radicalement de comportement, entamer des périodes de régime draconien voire de jeûne pour purifier son corps.

Aujourd'hui elle devait se défaire de la dépendance au portable, détruire ce piège qu'elle avait construit autour d'elle, se défaire de ces liens qui lui bouchaient son avenir.

Marianne avait désormais besoin de futur.

Il était urgent pour elle de se remettre à rêver, de reprendre sa route vers l'avant; la force de l'amour de Matts lui avait redonné foi et espérance pour se remettre en marche.

Seule chez elle. Les enfants chez leur père. Elle avait mis la musique à fond et s'était mise à danser, comme une folle, à gesticuler dans tous les sens en hurlant les paroles des morceaux qu'elle connaissait par cœur depuis vingt ans et qu'elle n'avait pas oubliées. Comme si cette jeunesse était hier, encore très proche. Elle se regarda dans le miroir du salon accroché au mur. Oui, c'était bien elle, avec cette énergie qui revenait. Reprendre le cours de sa vie en mains. Parce que celle-ci lui échappait, c'étaient les hommes qui la dirigeaient pour elle, c'était insupportable, elle n'avait pas divorcé pour se retrouver dans une telle situation. Un seul et unique moyen: plonger dans un travail excitant, payant, pour ouvrir des portes nouvelles.

Il était 19 heures, l'heure idéale pour appeler la côte Ouest. Depuis ce dîner à Los Angeles, Marianne avait gardé le contact avec Frank grâce aux courriels. Mais maintenant, il s'agissait de se montrer intéressée, déterminée, faire preuve d'initiative, sinon Frank aurait tôt fait d'oublier la petite Française rencontrée un soir dans un dîner parmi des milliers d'autres.

— Allo Frank, c'est Marianne qui vous appelle de Paris. *Do you remember me?*

— Oui, évidemment, Marianne de Paris. Comment va Paris?

— Pas trop mal, très tranquille, trop tranquille... Il ne s'y passe plus grand-chose. Je ne m'y retrouve pas beaucoup. Peu à peu Paris devient une étrangère. Cette ville où je suis née, où j'ai grandi est devenue un musée, une très belle ville-musée... Frank, je voudrais qu'on reparle du projet que vous évoquiez l'autre soir à Los Angeles; il m'intéresse beaucoup. Est-ce que vous avez toujours besoin d'une personne à Paris pour essayer de monter l'événement en France?

— Marianne, vous allez droit au but, ça me plaît. Ce n'est pourtant pas très français, cette façon d'être aussi directe... Oui, j'ai besoin de quelqu'un à Paris. J'ai prévu de venir dans deux semaines. Vous serez là?

— Formidable. Cette fois, je vous le jure, ce ne sera pas un rendez-vous manqué. Je ne m'envolerai pas la veille pour l'autre bout du monde.

— Parfait. Je vous envoie par courriel mes disponibilités. Alors à très bientôt, Marianne.

— Oui, c'est cela, à très bientôt Frank; j'attends votre courriel. Je serai ravie de vous revoir.

En raccrochant, Marianne se mit à sautiller telle une petite fille qui vient de gagner un gros tigre en peluche au jeu de la pêche à la ligne à la Foire du Trône.

— *YYYYYES !!!* cria-t-elle dans l'appartement.

Enfin une bonne nouvelle ! Rien n'était fait, mais au moins une piste avançait !

Ce soir, elle était contente. Elle éprouva pour la première fois depuis longtemps le sentiment de maîtriser un peu le cours des choses. Et elle s'apprêtait à sortir dîner avec deux de ses amies de toujours, qu'elle avait délaissées ces derniers temps. Amour de Matts oblige. Rien de tel pour créer un désert autour de soi.

Marianne retrouva Flo et Camille dans un restaurant japonais. Elle leur raconta sa vie des derniers mois ; elle avait tant de choses à dire. Flo et Camille étaient de vraies amies qui avaient toujours su être présentes quand il le fallait, attentionnées, à qui Marianne se confiait avec vérité et intimité.

Elles étaient toutes deux célibataires. Flo avait eu de nombreux déboires avec les hommes ; elle ne le méritait pas. Camille s'était mariée à trois reprises et ne le ferait pas une quatrième fois. Elle n'envisageait même plus de partager sa vie. Quelques amants lui suffisaient. Flo était plus jeune, elle avait le même âge que Marianne ; elle pouvait encore croire à la grande histoire.

Seule, Flo passait de longs moments à son piano lorsqu'elle se trouvait chez elle la fin de semaine. Chopin, Schumann, Liszt occupaient ses après-midi oisives du samedi et du dimanche. Elle raconta qu'un jour, son voisin du 4e fut attiré par la musique. La fenêtre de l'appartement du rez-de-chaussée était ouverte. Il reconnut la jolie jeune femme qu'il avait croisée à plusieurs reprises dans le hall de l'immeuble sans savoir précisément à quel étage elle pouvait bien habiter. Plein de hardiesse, il osa pousser la vitre et adresser un bonjour à sa voisine qui cessa aussitôt de jouer.

— Non, surtout ne vous arrêtez pas. Continuez, j'aime tellement Chopin. Continuez!

Et il passa son chemin. La pianiste était abasourdie. Elle avait remarqué cet homme dans le hall: grand, belle allure distinguée, une élégance certaine, le sourire anglo-saxon un peu forcé. Il venait d'oser. Merci, Chopin. Comme quoi Chopin au XXIᵉ siècle peut encore inspirer le sentiment romantique et provoquer une rencontre. Pas d'Internet, pas de SMS, pas de rencontres virtuelles, mais de la musique, éternelle, hors du temps, langue universelle jouée en direct, partagée, donnée aux sens et aux émotions. L'histoire de Flo rassurait Marianne.

Le voisin, Eduardo, avait 42 ans, l'âge de Flo. Formidable coïncidence. Seulement l'histoire n'était pas si simple, évidemment; cet homme avait visiblement une femme dans sa vie. Flo l'apercevait de temps à autre accompagné d'une grande brune et d'un enfant avec qui il partait en week-end mais qui n'habitaient pas avec lui. En vivant au rez-de-chaussée, Flo avait la même position qu'un concierge: elle pouvait observer toutes les allées et venues dans l'immeuble. Les autres partaient, elle restait. Elle n'avait plus de voiture, les finances étaient au plus bas, donc plus d'escapade possible à moins de dépendre des autres. C'est dur d'habiter au rez-de-chaussée, au vu et au su de tout le monde…

Un soir, Eduardo rentra très tard chez lui. Les lumières étaient encore allumées chez Flo ; elle venait de célébrer l'anniversaire de deux de ses meilleurs amis, les copains d'enfance de son cousin, la bande inséparable de garçons qui n'avaient toujours pas mûri même si l'un d'entre eux avait accédé aux plus hautes responsabilités de l'État. Les copains venaient de partir sur leurs scooters. Flo était encore dehors quand elle aperçut Eduardo traversant la rue et se dirigeant vers leur immeuble.

— Bonsoir, lui dit-il quand il arriva à sa hauteur. Que faites-vous dehors à cette heure ?

— Nous avons fêté l'anniversaire de deux de mes amis ce soir ; ils viennent tout juste de partir.

— Un anniversaire ? mais c'est justement le mien aujourd'hui ! J'en reviens, je l'ai fêté avec des amis au restaurant, mais c'était certainement moins drôle que chez vous.

— C'est votre anniversaire ?!

— Oui, aujourd'hui même, 13 juin.

— Ça alors !

Flo était abasourdie. Dire que c'était son anniversaire ! Et qu'elle avait fêté celui de ses copains ! Il était deux heures du matin, esplanade des Invalides, ils étaient là tous les deux dans la rue… Très vite elle se reprit, enhardie, et enchaîna :

— Venez au moins prendre un dernier verre, j'ai tout ce qu'il faut.

— Très volontiers, avec plaisir.

Eduardo avait les bras chargés de cadeaux et tenait de la main gauche un paquet qui semblait très fragile.

— Je peux vous aider, suggéra Flo.

— Non, ça va aller, merci… Oh, si vous y tenez, vous pouvez prendre ce carton, c'est mon gâteau d'anniversaire. Un gâteau au chocolat.

En arrivant dans l'appartement, Flo déposa le gâteau sur la table basse du salon encore encombrée de verres et alla chercher assiettes, cuillères et bouteille de champagne fraîche. Le gâteau était en forme de nounours; un nounours tout marron avec de gros yeux jaune mimosa et une cerise confite en guise de nez.

— Il est drôle ce gâteau, non? C'est ma copine qui me l'a offert. Vous l'avez peut-être déjà aperçue, elle vient ici de temps en temps avec son fils.

— Ah oui… peut-être, certainement, répondit Flo, évasive.

Subitement elle changea de couleur. Elle devint verte de rage, une colère sourde montait du fond de ses tripes. Comment ce mufle osait-il lui parler de sa copine, à elle? Sa petite amie, une ex, une future ex?!

Cette petite phrase anodine avait suffi pour rompre fatalement le charme de cette fin de soirée. Flo était à fleur de peau.

Elle prit alors la pelle à gâteau et se mit à démembrer le nounours. En un clin d'œil, plus de bras, plus de pattes. Atterries dans la gueule de Flo qui n'avait plus faim mais était devenue boulimique de colère. Cul-de-jatte, le nounours. Quelle déception… Toutes les conditions étaient pourtant réunies ce soir-là, mais deux mots de trop… Eduardo resta perplexe devant ce brusque changement de comportement. Flo, muette, engloutissait nerveusement le nounours. Un malaise dans la pièce. Très vite, après avoir terminé son verre de champagne, Eduardo décida de prendre congé.

— Il est tard, je dois prendre un avion tôt demain. Merci, c'était très sympathique. Je vous laisse le nounours ; il est bien ici et vous avez l'air de l'apprécier. Vous pourrez le finir demain au petit déjeuner.

Il est bien ici, l'ours désossé, le reliquat de l'anniversaire, comme l'avorton d'une relation improbable qui n'aura jamais ni début ni fin et qui pourtant faisait vibrer Flo aussi fort que les notes de son piano.

« Laisse tomber, se dit-elle, oublie définitivement cet homme. Il n'est pas libre, pas disponible, il joue avec toi. C'est un jeu trop dangereux. »

L'histoire d'amour dont le début aurait pu s'écrire avec les notes de Chopin n'aurait pas lieu. À qui le tour ?… Et si Flo se décidait à aller sur Internet, les probabilités de rencontres se mettraient à augmenter sérieusement. Plus trivial, mais plus efficace sans aucun doute.

Marianne écouta tristement son amie. Elle avait cru un instant à cette histoire. Elle démarrait bien pourtant : le voisin, le bel étranger mystérieux, attiré par la jolie jeune femme du rez-de-chaussée, la frondaison des tilleuls de l'esplanade en arrière-plan, la pianiste solitaire des week-ends… Trop romantique. Trop beau pour être vrai ; pour le début d'un scénario hollywoodien peut-être. Retour à la case solitude.

Jours sans câlin, jours chagrins. Marianne pensait que ce SMS serait le dernier, qu'il suffisait de ne plus en écrire d'autre pour terminer l'histoire. Matts et Marianne irrémédiablement habitués à une vie inscrite hors du temps, ponctuée et chamboulée par ces messages à distance, remise en question à chaque instant, sans limite ni barrière si ce n'était celle de la case Tabou, la vie conjugale et sociale de l'époux Matts. Plus de SMS, plus de contacts, un éloignement inévitable et fatal.

Encore une fois, l'histoire s'écrit rarement comme on l'imagine.

Chapitre 15

« Tu m'as oublié au bar mon amour. »

C'était encore l'été. Matts et Marianne se retrouvaient, désespérés de s'aimer, déchirés à l'idée de se quitter. C'était le soir, ou plutôt à l'aube d'un soir. Quand les rayons du soleil sont déjà bas mais encore chauds. Marianne, l'ange blond, habillée de blanc. La chambre d'hôtel, une chambre d'angle, une grande fenêtre en face du lit, une autre à gauche, exactement. Ouest, plein ouest. Une lumière éblouissante inondant le dessus de lit en piqué de coton beige. Faire l'amour en pleine lumière était devenu une constante dans l'histoire de ces amants. Ce soir-là, la lumière produisait les rayons d'un flash permanent, aveuglant, et faisait briller l'œil de Marianne, vert laser. Fixé sur son homme pour mieux le désirer.

Un à un, Marianne entreprit de défaire les boutons de la chemise rose. Unie. Lentement, à chaque étape, elle déposait un doux baiser sur le torse, sur les plis du ventre de Matts, qui par réflexe et pudeur se mettait à le comprimer le plus qu'il pouvait. Elle mettait son nez dans les odeurs de peau au parfum boisé et vert de vétiver, mêlé à celui du cèdre de Madagascar. Dans un geste toujours aussi lent, Marianne entreprit de se mettre à genoux devant son homme. Être plus à l'aise, descendre ses mains plus bas, encore plus bas. Matts, immobile, prisonnier de cette femme, éclatant objet de désir. Ce soir-là, plus que jamais, Marianne avait pris son temps, pour maîtriser le cours de la passion fusionnelle. Le temps d'aimer, peut-être la dernière fois.

À genoux, les mains posées sur ses cuisses musclées, dures, elle l'entendait retenir son souffle. Sa respiration commençait à s'accélérer. Plus forte, plus sonore. Marianne lui donnait un plaisir infini auquel il s'abandonnait sans retenue. Debout, fier, se dressant devant cette femme, il lui abandonnait son sexe ; elle devait lui donner toute sa puissance d'homme. Les secondes s'éternisaient, il était dans l'oubli de tout.

Soudain, n'en pouvant plus de retenir cette jouissance amenée par cette bouche d'amour, Matts entoura la tête de Marianne de ses mains.

— Je veux te faire du bien, mon amour, lui disait-il.

— Je te ferai hurler tout à l'heure.

L'ange blond toujours vêtu de blanc s'était transformé en doux agent provocateur d'orgasme. Une jouissance immédiate, prête à jaillir. Mais Matts saurait encore une fois se retenir, contrôler ses pulsions ; il saurait attendre son tour. Encore. Priorité à l'être aimé, à son plaisir. Jusqu'au bout de l'amour Matts serait un homme de don. D'abord l'autre. Maintenant, il voulait s'occuper de Marianne. Il commença par lui caresser lentement les joues, puis, la saisissant par les épaules, la remit sur ses jambes avant de la porter et de l'allonger sur le lit. Couchés dans la lumière. Amants magnifiques du soir. Les habits blancs tombèrent sur la moquette. Très vite, Matts était déjà loin dans le corps de Marianne, au fond, proche de l'abîme orgasmique. Elle se mit à crier sans retenue. L'ange hurlant son bonheur de l'instant. Les fenêtres étaient ouvertes, les voisins d'en face s'affairaient à la cuisine avec les préparatifs du dîner. Ils n'avaient pas une vie d'amants, eux. Ils faisaient l'amour à des heures normales, le soir, dans le lit conjugal après avoir éteint la lumière, si la fatigue de la journée ne les avait pas tués avant. Oubli du monde, de la réalité quotidienne qui emprisonne ceux qui suivent le cours de leur vie, normale, attendue, sans surprise. Matts était un animal fort, résistant. Il savait si bien faire durer le plaisir. Marianne était une gourmande de la vie, jamais rassasiée. Jamais lassée. Les minutes étaient longues. Le temps s'arrêtait. Il arrivait, il était là, bougeait de plus en plus vite dans son ventre. Il se retenait, ne le pouvait plus. Il explosa. Sa vie, là, présente, manifeste, hurlante d'extase, de vérité.

À ce moment précis, Matts était seul, dans sa plénitude d'existence. À l'apogée.

Marianne, sur le ventre, les bras tendus en avant, les mains jointes, les jambes serrées, les pieds en pointe, en position de plongeon dans les draps de coton blanc; Matts en fusion sur elle, les corps collés, mouillés. Matts parti dans son voyage. Marianne écrasée d'amour.

Las, les amants avaient besoin de se reposer. Alors Matts se décolla et vint poser sa tête sur le ventre de Marianne, la main sur son triangle blond, comme s'il en était le propriétaire. Geste ancestral de domination ou de dépendance. Pour Marianne, ce n'était qu'une si douce présence, rassurante sûrement. Elle aimait se sentir possédée par un homme, son homme. Les amants étaient fatigués. Plus de paroles. À nouveau, les rumeurs de la ville reprenaient le dessus. Silence triste post coitum. Dérision des paroles après ces instants qui transportent dans un autre monde, hors de la chair, pour permettre de mieux oublier, ou peut-être d'aller à la rencontre de soi. Pulsion de vie contre pulsion de mort pour finalement se rejoindre et ne faire qu'une.

Ils s'endormirent dans cette douceur de soir d'été. Vision de deux corps nus, allongés, entremêlés, détendus, abandonnés. Un sommeil profond les gagna tous les deux. Rapidement. Ils dormirent ainsi un cycle entier, deux heures de récupération. Dehors la nuit vint. Les lumières de la ville avaient succédé à celle du soleil. Marianne fut la première à se réveiller. La faim au ventre. Doucement, frôlé par les mouvements de Marianne, Matts revint à lui. Ils décidèrent de sortir.

Il commençait à se faire tard. Ils devraient aller dans l'un de ces restaurants branchés de la capitale qui servent des dîners à des heures avancées de la nuit. Dans le Triangle d'or, près des Champs-Élysées. L'ambiance était bruyante, la musique trop forte. Épuisés, affamés, ils s'installèrent à la seule table libre. Malgré l'heure tardive, l'endroit était bondé ; de jeunes clients du monde de la finance, des avocats brassant le droit international, les costumes bien coupés, les chemises rayées, avec parfois ce col cassé blanc que Marianne détestait. Les filles qui les accompagnaient étaient jolies : vêtements légers et décolletés profonds, mais toujours à la pointe de la mode assurément.

Nos deux amants ne se parlaient pas. Trop fatigant de vouloir crier plus fort que cette musique *lounge*. Patiemment, ils attendirent leurs plats et vidèrent leurs verres. Matts avait commandé une très bonne bouteille de bordeaux, un Cheval blanc à la hauteur de ses promesses. Marianne le but avec sa descente habituelle, sachant cependant l'apprécier. En reposant son verre, elle leva les yeux vers Matts et rencontra son regard. Elle ne lui poserait pas cette question éternelle que se posent tous les amants après l'amour :

« À quoi penses-tu ? »

Inutile.

Elle connaissait la réponse.

Les plats arrivèrent. Marianne avait commandé un tataki de thon qu'elle savait excellent dans ce restaurant. Matts avait fait de même, ne sachant que choisir, désemparé devant cette carte de *world food* proposant pêle-mêle des tajines d'agneau au curry, des sushis, des tortillas végétariennes, des tagliatelles de concombre à la menthe. Ils mangèrent. Les calories vinrent redonner un peu d'énergie à leurs machines vidées. Les paroles arrivèrent, la conversation s'engagea, malgré cette ambiance bruyante à laquelle ils étaient si peu habitués.

Ils se mirent à parler politique. Matts avait deviné que Marianne fréquentait un cercle de réflexion et voulut en savoir plus. Elle n'en parlait jamais et n'avait pas l'intention de le faire. Mais Matts ce soir-là insista, jaloux de cet inconnu dont il pressentait la menace et qui lui échappait. Elle résista et la conversation se remit à dériver, ambiance «café du commerce». À dessein, au départ, de la part de Marianne qui souhaitait couper court à l'interrogatoire. Mais le dérapage arriva vite. Le Cheval blanc faisait son œuvre. Au galop. Les esprits échauffés se radicalisèrent. Pour la première fois, le ton monta, les paroles devinrent dures. Quand arriva le dessert, Marianne décida de se taire, sentant l'irréparable arriver, le mot de trop, fatal, à ne pas dire. Matts continua sa harangue, elle dégusta sa mangue. Il fit mine alors de commander une deuxième bouteille. Marianne l'en dissuada.

— Il est tard, nous sommes déjà cassés, fracassés… Payons et rentrons.

— Non, pas tout de suite. Allons prendre un dernier verre au bar, on sera mieux qu'à cette table.

Marianne décida de ne pas contrarier Matts. Elle le sentait au bord. Au bord de quelque chose, d'un basculement en tout cas. La coupe était pleine, et Matts semblait vouloir continuer de la remplir jusqu'à débordement.

Ils se retrouvèrent au bar. Elle commanda un Perrier. Lui, un autre verre de vin. Soudain il relança cette conversation inachevée sur la politique, sous forme de procès nourri de jalousie et d'arbitraire.

C'était la première fois que Matts osait lui faire des reproches, osait s'immiscer dans sa vie, lui dont la sienne échappait totalement à Marianne. Il osait lui demander des comptes. À elle, elle qui était au bord de sa vie, en bordure, sur le bas-côté, bientôt dans le fossé. Alors elle se mit en ébullition. Trop c'est trop. L'insupportable était là. Elle ne le supporterait pas une seconde de plus. Marianne descendit de son tabouret, prit son sac et sans mot dire tourna les talons.

Elle était en rage, ivre d'alcool et de colère. Elle ne trouva pas la sortie. L'ange blond devenu une furie. Elle traversa le restaurant, ne sachant où diriger ses pas, ne se rendant pas compte que tous se retournaient sur son passage. Elle n'avait pas remarqué son pantalon blanc maculé de taches rouges. La bouteille de Cheval blanc avait laissé tomber des gouttes; ni elle ni le serveur ne s'en étaient aperçus. Un maître d'hôtel l'aida à trouver la sortie. Finalement elle se retrouva sur le trottoir, s'arrêta, essaya de se souvenir où elle avait pu garer sa voiture. Elle devait reprendre ses esprits, se concentrer. Elle se remit à marcher; elle ne voulait pas voir Matts sortir de l'établissement et tenter de la rattraper.

Mais Matts était resté au bar, abasourdi. C'était la première fois dans sa vie qu'une femme l'abandonnait à un bar. Avec Marianne, tout était histoire de première fois. Il était tétanisé. Son verre de vin devant lui, il s'en remit alors à son téléphone. Il ne lui restait plus que lui, son doudou électronique. Il le sortit de sa poche, le posa sur le bar, à côté du verre de bordeaux. Hagard, il le regarda, allumé, prêt à recevoir un quelconque appel, un improbable message à cette heure tardive de la nuit. Il ne bronchait pas. Aucun signal. Matts avait terminé son verre, il en commanda un autre. Il ne savait que faire. Il sentait que ce soir avait marqué une nouvelle étape, peut-être irrémédiable. Pris par le délicieux nectar, ses esprits s'étaient engourdis. Il sentait encore sur son corps la présence et le parfum de Marianne. Les traces de patchouli laissent une empreinte durable. Sa femme l'avait remarqué, elle aussi.

Impossible de rester muet, le désarroi était immense. Matts se saisit de son téléphone. Au moins lui parler, à ce petit appareil, se décharger sur lui, tant pis si le destinataire ne recevait pas, ne répondait pas.

Alors Matts tapota un SMS spontané, immédiat, écriture automatique :

« Tu m'as oublié au bar mon amour. »

En refermant son portable, Matts se mit à sourire ; cette phrase l'amusait. Il avait envie de rire. C'était son humour de dérision qui d'ordinaire la faisait éclater de rire. Mais ce soir, le rire était amer.

Marianne avait coupé son portable au début du dîner et ne l'avait pas rallumé depuis. En arrivant chez elle, elle le laissa dans son sac, n'y prêtant aucune attention. À aucun moment, elle n'avait songé reprendre contact avec Matts.

Demain est un autre jour.

Le jour nouveau venu, Marianne se sentit mal. Elle se précipita sur son Excedrin, remède miracle (à importer d'Amérique) pour arriver à survivre à une journée de gueule de bois particulièrement rude. L'ange blond éclatant de blanc de la veille s'était transformé en loque humaine, le visage défait, les rides creusées par une peau déshydratée, les poches sous les yeux, les jambes lourdes, la tête dans un étau, le cœur battant trop vite.

Le téléphone était là, fidèle, prêt à l'usage.

Bip-bip – la petite enveloppe apparut. Un nouveau message.

Marianne s'empara de l'appareil, lut :

« *Tu m'as oublié au bar mon amour.* »

Elle explosa de rire. Matts avait gagné.

Chapitre 16

« Appelez ma secrétaire ; vous embarque avec moi en
VO pour Rome. »

L'histoire se compliquait avec le ministre, c'était
écrit sans l'ombre d'un doute ; Marianne s'y attendait
sans s'y attendre. Elle se sentait dans l'incapacité de
dire non. Elle avait le goût du risque, tout ce qui pouvait être potentiellement dangereux l'excitait au plus
haut point. Et puis, inconsciemment, elle cherchait
aussi à rendre Matts jaloux. Il avait sa femme, elle pouvait bien avoir une relation avec un autre homme,
connu, public, beau, brillant qui plus est, bref, le portrait idéal pour rendre n'importe quel homme fou de
jalousie. Et ainsi l'histoire se terminerait, une belle
manière après tout de provoquer sa fin.

Elle savait qu'il y aurait un prochain épisode et
le redoutait ; par principe cette histoire était vouée à
devenir de plus en plus compliquée et dangereuse pour
ses acteurs. Elle n'avait rien imaginé de particulier,

mais ne s'était certainement pas attendue à un VO (voyage officiel, pour les non-initiés).

«… vous embarque avec moi en VO… »

« Appelez ma secrétaire… »

SMS à la fois donneur d'ordre et un peu familier… signé de la main d'un homme sûr de lui à qui on ne pouvait dire non, habitué, habité de son pouvoir, a fortiori de son pouvoir d'«embarquer» Marianne sans autre formalité. Cette fois la situation devenait cornélienne, mais elle connaissait sa capacité à provoquer des situations qui finissaient par la piéger. Elle ne pouvait effectivement pas dire non, mais si elle avait au moins quelque chose à obtenir de lui, de son pouvoir, elle pourrait s'y rendre les yeux fermés. Marianne avait retenu des leçons de ces dernières années de souffrance; toujours savoir pourquoi on fait les choses, surtout dans les situations difficiles. Mais tout à coup, elle ne savait plus. Pourquoi serait-elle allée dans cette fosse aux lions, aurait-elle suivi cette délégation officielle, attiré les regards et les questions si elle-même n'avait pas la réponse ?

Avant de s'engager, elle avait besoin d'en savoir plus. Quand, comment, combien de temps ?

Pages jaunes pour trouver le numéro du secrétariat du ministre. Autre stratégie envisageable : attendre qu'on l'appelle, qu'on la relance, mais trop peur de se retrouver coincée; quand on l'appellerait, c'est que tout serait prêt, enregistré à son nom. Ce serait déjà trop tard.

— Bonjour, madame, le secrétariat de monsieur Painvilliers, s'il vous plaît ?

— Bonjour, madame. C'est à quel sujet ?

— Au sujet du VO à Rome. Je m'appelle Marianne Lefranc, je dois faire partie de la délégation...

— Oui, madame Lefranc, c'est exact.

Marianne se montra hésitante. Elle avait peur d'être ridicule en étant obligée de poser des questions dont elle aurait dû déjà connaître les réponses. Elle se reprit après un silence de quelques secondes :

— Pouvez-vous me confirmer les dates exactes ?

— Du mercredi 25 juin au samedi 28 juin. Le départ est à 16 heures mercredi, et le retour est prévu samedi matin, vers 10 heures à Paris. Vous devrez vous présenter au Bourget mercredi à 15 heures.

— Bien, je vous remercie, madame.

Et la secrétaire raccrocha aussitôt sans que Marianne ait eu le temps de poser d'éventuelles questions supplémentaires : Où était-il prévu qu'elle loge ? Quel était le programme de ce voyage et qu'avait-on prévu pour elle, elle qui n'était pas censée faire des rencontres officielles et participer à des discussions au sommet ?

Qu'à cela ne tienne ; c'était Rome, et Marianne connaissait tellement bien cette ville, elle y avait ses habitudes, ses endroits préférés, ses amis de toujours. Elle ne serait pas perdue et pourrait s'échapper, pensait-elle.

Elle venait d'avoir la confirmation qu'elle n'avait rien à décider ; tout était déjà prévu et programmé pour elle ; c'est le monde du pouvoir qui veut cela. Marc Painvilliers avait décidé qu'il emmènerait cette femme dans son prochain VO. Il suffisait de dire oui et les instructions seraient mises en œuvre, et la principale intéressée n'avait pas voix au chapitre.

Elle savait qu'elle ne résisterait pas à une pareille invitation ; seulement cette fois, son guide lui envoyait quelques ondes de peur, fugaces mais néanmoins réelles, un pressentiment que cette aventure aussi excitante pourrait se révéler dangereuse. Cette fois, elle s'approcherait de zones où il valait peut-être mieux ne jamais risquer d'y mettre le bout de son pied.

Une fois encore, en quelques heures elle mit au point l'organisation de la maison et des enfants pour ces jours d'absence. Tout son entourage poserait des questions ; elle se contenterait de dire qu'elle devait se rendre à Rome. On savait qu'elle y avait ses meilleurs amis. Impossible de dévoiler à quiconque les vraies circonstances de ce voyage ; au fond d'elle Marianne n'assumait pas, elle n'avait toujours pas trouvé la réponse et ignorait encore ce qui la décidait à partir.

Ce mercredi 25 juin, le ciel était magnifique. Les prévisions météo étaient au beau fixe. Les plus belles journées de l'année, les plus longues, des soirées interminables, la perspective de l'été qui s'annonçait. C'était la période préférée de Marianne, celle où elle s'était toujours sentie le plus heureuse, même si aucune raison objective ne l'y incitait particulièrement. Pour ce voyage, elle pouvait emporter ses plus belles tenues printanières : du blanc, des couleurs vives, des pantalons larges fluides, de longues chemises, des ballerines pour mieux marcher sur les pavés romains, des sandales à talons pour les improbables dîners, et l'indispensable maillot de bain.

Marianne était à l'heure au Bourget ; déjà beaucoup de monde quand elle arriva. Une jeune femme s'approcha d'elle pour l'accueillir.

— Bonjour, madame Marianne Lefranc ?

— Oui, c'est moi.

Le personnel était bien briefé. En fait, ce n'était pas si compliqué ; il ne devait pas y avoir beaucoup de jeunes femmes attendues pour cette délégation, surtout pas une jeune femme égarée qui ne connaissait personne et que personne ne connaissait. Marianne était à part, en tant que telle, elle était repérable, elle le savait. Heureusement, en ce jour de grand soleil, elle pouvait porter de grandes lunettes noires et cacher ses beaux yeux derrière ces verres fumés, mais elle n'en était que plus remarquable. Autour d'elle pour l'instant que des hommes, des journalistes et des chefs d'entreprises, probablement, qui parlaient entre eux et affichaient une contenance ostentatoire.

Alors qu'elle hésitait entre s'asseoir sur l'une des banquettes – mais elle aurait été la seule à le faire – et rester debout, elle aperçut Marc qui arrivait, entouré de ses conseillers et de ses gardes du corps. Le pas pressé, le sourire aux lèvres, sa stature qui en imposait, Marc avait le teint hâlé et portait une chemise blanche qui mettait en valeur sa bonne mine. « Comment fait-il,

se dit-elle, pour avoir ce teint en apparence si reposé ? »
Il était rayonnant. Peu à peu, il salua une à une les personnes présentes, le plus souvent avec de l'affection et
des gestes complices. Arrivé devant Marianne, la retenue était de rigueur; certes, son épouse ne l'accompa-
gnerait pas pour ce voyage officiel, mais tout geste
envers cette femme serait analysé, décrypté. Il se
contenta de lui serrer la main, de lui adresser un grand
sourire et de prononcer cette phrase sibylline :

— Vous verrez, Marianne, vous ne regretterez
pas d'être venue.

Marianne fut trop intimidée pour répondre.
Cette femme si sûre d'elle mais aussi si fragile quand
elle doutait. Ce jour-là, elle doutait profondément, ne
sachant au fond quelle pulsion l'avait conduite jusqu'à
cet aéroport, au milieu de ces gens qui n'étaient pas de
son monde, à qui elle n'avait rien à dire, ne pouvait
rien dire et n'avait pas envie de dire.

Au cours du voyage – deux heures ce n'est pas
si long –, Marianne resterait dans son coin, son ordinateur sur les genoux, oui, il fallait bien se donner une
contenance. Seule Valérie, une des proches conseillères
du cabinet du ministre, s'intéressa à elle de temps à
autre.

— Le ministre m'a dit que vous écriviez, notam-
ment sur l'Italie et la France...

Marianne en fut interloquée, mais elle devait
jouer le jeu; elle se doutait bien que le ministre lui
avait inventé une identité, avait dressé son portrait,
raconté un scénario de vie. Seul problème, Marianne

ignorait tout de l'histoire; le parcours serait donc semé d'embûches. Mais elle savait qu'il fallait écouter d'abord, laisser l'interlocuteur se dévoiler, ne rien dire autant que possible, abonder dans le sens de l'autre. L'épreuve serait rude. Première information, elle était écrivain. Pourquoi pas? C'est un statut qui n'engage que soi, pas de vision de structure ou d'entreprise à porter, le projet d'écrivain est personnel, intime. Il suffirait donc à Marianne de parler d'elle-même pour rester crédible. Marc avait eu l'idée juste, la moins dangereuse. Les artistes sont des êtres à part qu'on admire ou rejette, mais qui ne sont pas pour ceux qui aiment le pouvoir des rivaux potentiels. Au contraire, ce sont des amis, des faire-valoir, des personnes à avoir dans son entourage pour souligner la légèreté, la profondeur et la beauté de la vie. Marianne, avec son statut d'écrivain, si tant était que quiconque vînt à s'intéresser à elle au cours de ce voyage, ne serait donc pas menaçante pour cette délégation essentiellement masculine, étourdie et flattée par sa soif de pouvoir.

À part ces quelques bribes de conversation avec Valérie, cette fort sympathique personne, Marianne fit un voyage très tranquille. Pas encore d'échange avec Marc, très entouré, concentré sur ses dossiers, visiblement en retard dans ses briefings et la préparation de ses rendez-vous romains.

À peine atterri à Rome, premier réflexe désormais de tout individu, quel qu'il soit, ministre ou touriste: rallumer le portable, composer son mot de passe et attendre les bip-bips annonciateurs des messages.

Marianne avait trois messages, dont un SMS :

« Rendez vous demain matin 7 h 30 à la piscine du club Borghese. »

Alors qu'elle était en train de lire ces quelques mots sur son petit écran, Marc passa tout près d'elle, posa sa main sur son épaule.

— Vous avez fait bon voyage ? lui demanda-t-il sans oser l'appeler par son prénom et ne pouvant lui dire non plus « madame ».

— Excellent, monsieur le ministre, je vous remercie.

— Nous nous verrons plus tard. À tout à l'heure.

Marianne une fois de plus resta interloquée – plus tard, mais où ? Elle ne connaissait rien du programme, de son propre programme. Pour l'instant elle suivait le flot de personnes qui s'avançaient dans l'aéroport pour rejoindre des minibus réservés pour la délégation. Le ministre monta quant à lui dans une voiture officielle suivie de son escorte de motards. Marianne n'avait pas encore décidé de se montrer entreprenante, d'aller vers les autres et de trouver l'éventuelle occasion d'engager la conversation. Elle marchait lentement, sur des œufs.

Elle prit place dans le minibus sur un siège côté fenêtre, elle avait envie de profiter de son arrivée dans Rome, de reconnaître au fur et à mesure tous les monuments, les places, les ponts, les rues de cette ville qu'elle connaissait si bien et qui avait une grande place dans son cœur.

La délégation était logée à l'hôtel Michel-Ange, Via Veneto; ce n'était pas le quartier préféré de Marianne, mais c'est celui des grands hôtels. Et puis, se dit-elle immédiatement, pour son rendez-vous matinal du lendemain à la piscine Borghese, elle pourrait s'y rendre en courant en quelques minutes à peine, en passant par la porte Pinciana.

Le soleil était chaud, la lumière déjà forte. L'atmosphère était estivale, presque lourde mais pas encore étouffante. À peine après avoir pris possession de sa chambre, Marianne mourut soudain d'envie de s'asseoir devant un grand Perrier bien frais, sur l'une de ces immenses terrasses de café qui jalonnent les larges trottoirs de la Via Veneto. Tranquille, à l'écart des contraintes du monde officiel, Marianne respirait l'air romain qu'elle aimait tant; très vite elle oublia qui l'avait fait venir ici et prit contact avec ses amis pour signaler son arrivée.

— *Pronto*, Laura? C'est Marianne.

— *Che fai? Dove sei?*

— *Sono qui a Roma.*

Avec Laura, son amie de toujours (dont on prononçait le prénom «Laora», lorsqu'elle s'exprimait dans sa langue), Marianne parlait un italien entremêlé de mots français; Laura faisait pareil, mélangeait les deux langues. Entre Français et Italiens, on ne parle que très rarement anglais. À une certaine époque déjà lointaine, Marianne travaillait pour une organisation intergouvernementale européenne. Elle avait remarqué, elle qui parlait quatre langues, que souvent entre Européens il suffisait de parler sa propre langue pour être compris de l'autre. Avec ses amis, Marianne s'exprimait spontanément dans leur langue et si elle butait, elle disait le mot en français; c'était sa manière de vivre l'esprit européen.

Elle verrait Laura le lendemain à l'heure du petit déjeuner, après sa nage du matin. Laura habitait le quartier résidentiel de Parioli, au-dessus de la Villa Borghese. Tous les matins elle promenait son chien Achille dans ce magnifique parc. Laura avait du temps, elle ne travaillait plus; comme beaucoup de Romains finalement, elle vivait de l'argent de la famille, gérait au mieux ses intérêts. Rome n'est pas une ville qui incite à entreprendre, elle est celle des journalistes, des hommes et femmes politiques, des avocats, des scénaristes et des rentiers. Dans le spleen et la splendeur, Rome est une invitation à la *dolce vita* mais aussi à la mélancolie, entouré de beauté et d'histoire. La Cité éternelle n'est pas tournée vers le futur…

Après avoir raccroché avec Laura, Marianne plongea dans une douce torpeur mêlée à un peu de fatigue. Elle devait encore appeler ses amis Pierre et Françoise. Ils seraient si vexés d'apprendre qu'elle était passée à Rome sans leur faire signe. Pierre avait été un ami très proche de son père; ils avaient fait leurs études d'histoire ensemble à la Sorbonne dans les années 1950. Aujourd'hui Pierre terminait sa belle carrière de professeur au poste de directeur de l'École française de Rome. Les années passant, ils étaient restés des amis d'une fidélité sans faille que rien n'aurait su détruire, sauf la mort. Pierre n'avait pu être à Paris le jour de l'enterrement. Marianne ne l'avait pas revu depuis de longs mois.

Elle appela le portable de Pierre ; elle n'avait pas envie de parler à Françoise, ne s'étant jamais sentie proche de cette femme qu'elle avait toujours ressentie comme une opportuniste, pas une femme de cœur. Pierre était troublé, si sincèrement heureux d'entendre Marianne, de la savoir à Rome. Il l'invita à dîner le soir même. Impossible pour Marianne de dire non ; elle aurait pu avoir un autre engagement, mais ce n'était pas le cas, pas pour le moment. Elle accepta, heureuse aussi à l'idée de revoir quelqu'un qui avait si bien connu son père, avec qui elle pourrait faire revivre quelques instants cette présence inconditionnellement et éternellement dans son cœur.

Marianne oublia tout de ce voyage officiel. En quelques minutes, elle avait replongé dans son intimité, dans son histoire personnelle si liée à cette ville. Elle commanda un espresso avec un verre d'eau, sentant la fatigue l'envahir, puis elle regagna son hôtel. Elle avait juste le temps de prendre une douche, de se rafraîchir, de se changer et de repartir pour le palais Farnèse.

Marianne avait choisi dans sa valise sa plus belle tenue : une jolie robe en lin doré et une grosse broche en métal vieilli pour en fermer le décolleté, des sandales or à petit talon avec aussi une belle boucle en métal, un cardigan court couleur crème, tricoté au crochet et brodé de quelques fils pailletés.

Toujours aucune nouvelle de personne. Pas de Marianne prévue aux dîners officiels de la République.

Le directeur de l'École française de Rome habite le palais Farnèse, comme l'ambassadeur de France. Ce lieu est à Marianne si familier qu'elle en a presque oublié la grandeur exceptionnelle. Elle y est venue très souvent, y a séjourné, y a même organisé le baptême de son fils, la marraine, Laura, étant romaine. Excellent prétexte pour une jolie cérémonie, unique, dans une petite église – Saint-Nicolas-des-Lorrains –, ouverte spécialement pour l'occasion, située derrière la place Navone, suivie d'une réception pour les invités sur la loggia de Michel-Ange, au deuxième étage du palais, face à la Via Giulia.

Marianne fit arrêter le taxi sur la place Campo Dei Fiori. Elle avait envie de terminer à pied et d'arriver en découvrant pas à pas l'imposant palais.

Depuis son arrivée à Rome, pas de nouvelles de son ministre, sinon ce rendez-vous fixé au lendemain. Avait-il l'intention de lui accorder un peu plus que le temps de quelques longueurs? Allait-il attendre l'ultime moment, ce soir-là, pour la solliciter pour une rencontre impromptue et secrète? Marianne ne connaissait pas assez le personnage pour deviner la stratégie qu'il comptait adopter; les us et coutumes des hommes d'État ne lui étaient pas familiers, mais elle savait qu'elle devait s'attendre à tout, être disponible sur-le-champ s'il le fallait.

Pierre vint l'accueillir à l'entrée du palais, après qu'elle eut annoncé son arrivée et montré son passeport.

Séquence émotion. À son comble.

Pierre prit Marianne dans ses bras, la serra fort et ne la lâcha plus; depuis le décès de son ami, il n'avait pas eu de moment pour se laisser envahir par ses souvenirs; en embrassant ainsi sa fille, soudain les sentiments débordèrent, la vague le submergea sans prévenir.

— Il était si fier de toi, Marianne, lui dit-il à l'oreille.

Les sanglots étaient trop forts. Pierre blottit sa tête dans le creux de l'épaule de Marianne pour mieux cacher ses larmes.

Elle ne résista pas; ses larmes coulèrent aussi, trop de souvenirs pour elle, son père évidemment mais aussi ce palais qui fut le théâtre d'un moment si heureux dans sa vie de famille et de couple.

Un instant, un lieu, une étreinte qui la renvoyèrent à sa solitude du présent, à ces pertes irrémédiables, à ce passé sur lequel il avait fallu tourner une si douloureuse page, à ce bonheur en cendres, parti, envolé.

Aller simple. Vol sans retour.

— Viens, Marianne, Françoise nous attend; elle se réjouit de te voir. Tu nous as fait une belle surprise. Laisse-moi te regarder. Tu es resplendissante, et toujours ce sourire, le même que celui de ton père!

— Tu me connais bien, Pierre. C'est vrai, je vais bien. Il me reste encore un peu de fatigue et de lassitude depuis les derniers mois, mais bientôt elles auront disparu.

Marianne passa une soirée délicieuse. L'air était si doux ; dîner sur cette loggia était toujours un rêve impossible à banaliser. Quand l'irréel ne peut se transfigurer dans la trivialité du réel...

La soirée fut consacrée entièrement au souvenir de son père. Marianne écouta ses hôtes faire revivre la mémoire de celui qui était resté à jamais leur copain étudiant, jeune agrégé brillant, orateur doué d'une parole facile et convaincante qui avait besoin d'un public fidèle, mais si peu enclin à faire la moindre concession pour envisager de mettre ses talents au service d'une cause. Tous pensaient que dans leur promotion, le père de Marianne était celui qui était promis à la plus belle carrière, peut-être même, pourquoi pas, en politique. Le destin en décida autrement. Son père n'eut jamais le moteur de l'ambition correspondant à ses capacités et à son intelligence. Une fêlure profonde, vitale, enfouie dans son être l'en avait empêché ; la même qui l'avait conduit à se laisser mourir, à ne pas trouver la force de se battre face à la maladie et à partir trop tôt. C'était la conviction de Marianne, qui s'en trouvait renforcée ce soir-là en écoutant parler ses amis.

Le moment fut dense, chargé en émotions fortes. Personne n'eut la force de le prolonger davantage et de profiter de cette nuit sur la loggia. Et pourtant, et le lieu et la douceur de l'air invitaient à la nonchalance et au laisser-vivre. Mais l'ambiance n'était pas à s'attarder, à traîner alangui dans des fauteuils mous, Billie Holiday en fond sonore et une coupe de champagne à la main. C'était dans la vie d'avant.

Marianne quitta ses amis peu de temps après la fin du dîner ; elle avait envie de rentrer, de trouver un peu de repos. Pas de grasse matinée le lendemain matin, besoin de se réveiller pour le rendez-vous secret. Elle prit congé et se dirigea vers la sortie du palais, côté place Farnèse.

Alors qu'elle traversait la cour intérieure, elle aperçut non loin un petit groupe de personnes et crut reconnaître la silhouette élancée de Marc, coiffée de sa crinière argentée, se détachant parmi les autres. C'était effectivement lui. Marianne décida alors de s'arrêter et d'attendre que le groupe marche dans sa direction. Quelques instants plus tard, Marc était obligé de la croiser.

— Bonsoir, monsieur le ministre.

Surpris, il se retourna et reconnut Marianne. Aussitôt, il se dégagea du groupe.

— Marianne, c'est vous ? Que faites-vous ici ?

— Je sors de mon dîner.

— De votre dîner ?

— Oui, avec mes amis.

Marianne faisait exprès de ne pas en dire plus. Trop tentant d'intriguer un plus puissant que soi.

— Vos amis ? Mais vous n'étiez pas au dîner organisé par l'ambassadeur ?

— Non, j'étais avec mes amis, les Fortin. Pierre est le directeur de l'École française, il habite au deuxième étage du palais.

— Oui, bien sûr, certainement… Vous connaissez Pierre Fortin ? Quelle coïncidence !

Un peu de surprise pour cet homme à l'emploi du temps réglé comme une partition symphonique, où aucune minute n'était jamais perdue, laissée au libre cours du hasard. Et pourtant, dans ce lieu inédit, encore une rencontre non inscrite au précieux calendrier, avec cette même femme surgie des eaux, maintenant fantôme de Farnèse.

Farnèse est un lieu de majesté et de beauté si fortes qu'elles en sont écrasantes ; palais chargé d'histoire où tout est grandeur, les noms, les sculptures, les légendes, les fresques, les lustres, les visages, les siècles. À cet instant il y faisait sombre. La perspective monumentale disparaissait dans l'obscurité de la cour carrée. Pas de garde du corps dans le champ de vision. Ils s'étaient écartés… Le temps sembla soudain s'être arrêté. Pour Marc d'abord ; il était tard, pas de rendez-vous qui l'attendait sinon celui avec son lit. Il était disponible pour regarder Marianne, dans les yeux, s'arrêter sur ce visage qui lui faisait face, qui le séduisait. Près, tout près.

Il aimait ce visage, il désirait cette femme, aurait voulu l'embrasser.

Il voulait, il ne pouvait pas.

Dans la pénombre, dans le silence absolu, Marc comprit que cette femme pourrait réveiller en lui le frisson amoureux. Sa vie d'homme public lui faisait oublier par nécessité et par devoir les sentiments ; comme beaucoup d'autres de son rang, son horizon affectif avait une frontière, celle de sa carrière et de son ambition politique. Ce soir-là il était en plein trouble.

Marianne était certes une grande séductrice, mais une séductrice innocente ; elle ne cherchait pas à le piéger dans les lianes du désir. Elle n'avait rien à obtenir de lui. Elle-même était sincèrement et totalement sous le charme. Elle le regardait avec ses grands yeux verts, capables de transpercer tout en enrobant d'une grande douceur.

Depuis le premier jour, elle avait rêvé de déposer un long baiser sur cette très belle bouche, au dessin parfait, si présente. Elle était fascinée par ces lèvres. Peu d'hommes de pouvoir ont des lèvres si attirantes ; elles sont souvent fines, pincées, avec de vilains plis aux commissures qui trahissent l'amertume, le refoulement, le manque de sincérité ou de sensibilité. Chez Marc, le dessin des lèvres donnait à la beauté de son visage une grâce, une sensualité fatale pour Marianne. Un véritable aimant auquel il n'était pas question de céder, même si ce soir-là, moment unique et rare, toutes les conditions les plus propices se trouvaient réunies.

Marianne resta parfaitement immobile, esquissant un léger sourire. Marc posa sa main sur son épaule, resserra ses doigts au contact de sa peau.

— Marianne, je vais vous raccompagner jusqu'à la sortie. Moi je dors ici, dans les appartements de l'ambassade.

— Vous avez raison, monsieur le ministre, je dois rentrer.

Un homme et une femme dans la pénombre de cette immense cour intérieure. L'Histoire les regarde. Ambiance Chirico. Perspectives aux ombres sombres. Marc gardait la main toujours posée sur l'épaule gauche de Marianne. Elle n'avait pas remis son cardigan; ses épaules étaient nues. Elle se laissa faire. Elle sentait cette main, grande, chaude sans être moite, ces doigts exerçant inconsciemment une douce pression. C'étaient eux qui parlaient, ils disaient le désir, l'attirance des peaux, l'affinité probable des sens. Ils disaient qu'ils auraient voulu caresser l'autre épaule, le dos, descendre vers la douce cambrure du dos, les hanches, faire glisser la robe à terre, trouver la peau totalement, partout, dans tous ses plis, ses coins cachés, intimes. Ils disaient qu'ils auraient voulu que le temps s'arrête, là, plus personne sauf Michel-Ange comme témoin, pour prendre Marianne, s'emparer de son corps et l'aimer. Ils disaient qu'ils auraient voulu transformer le fantasme immédiatement en réalité vécue. Mais le pouvoir ne peut pas tout. La montée du désir dans la beauté de la nuit romaine devait rester un désir. Ils disaient qu'ils devaient se taire, être sages et immobiles.

Marianne et Marc passèrent le sas de l'accueil. La lourde porte du palais s'ouvrait sur la place. Ils firent encore quelques pas puis s'arrêtèrent.

Face à face. Marc entoura Marianne de ses bras, le palais face à lui. Il s'apprêtait à l'embrasser pour un dernier bonsoir. Sur les joues, sur la bouche, dans le cou… Il hésita, il prit son temps, il aurait voulu partout. Ce sera nulle part.

Un flash dans la nuit.

Éblouissement.

Aveuglement.

Marianne eut un réflexe de recul. Trop tard, la photo était prise, un autre flash encore.

Le ministre s'écarta, les gardes du corps qui se tenaient à distance se rapprochèrent prestement pour l'entourer. Le groupe se précipita vers l'entrée du palais. En quelques secondes, Marianne se retrouva seule, plantée au milieu de cette place, les talons coincés dans les pavés, les photographes partis. Marc lui avait à peine esquissé un signe d'au revoir et avait disparu en un éclair derrière la lourde porte.

Le ministre était pressé de donner les instructions pour que ses services récupèrent les clichés. Sur le fond il n'était pas très inquiet, il savait que les paparazzi attendaient la belle star américaine, invitée d'honneur du dîner de l'ambassadeur, pas le ministre français avec une blonde inconnue. Mais les photographes prédateurs n'auraient pas leur star ce soir-là; Sharon avait pris la sortie côté sud, Via Del Mascherone.

Le guide intérieur de Marianne avait eu raison : ce voyage ne devait pas apporter que du bon. Mais rien de trop grave après tout, en tout cas pas pour elle qui n'avait rien à perdre. Elle trouvait l'histoire même plutôt drôle. Alors qu'ils étaient deux inconnus l'un pour l'autre, ces photos pourraient constituer le commencement d'une rumeur sur la nouvelle maîtresse du ministre, l'Italienne venant s'ajouter à la liste des Parisiennes déjà nombreuses. Comme quoi, même un ministre averti ne peut pas tout maîtriser. Un instant d'égarement, de douce rêverie, un pas trop loin, un geste de trop et c'est la perte de contrôle.

Dorénavant Marc redoublerait de prudence. Il n'était pas question de risquer de faire un faux pas en cette période préélectorale, ni de donner trop facilement des munitions à ses adversaires et rivaux en alimentant les mauvaises pages *people* des magazines.

Plus une tentation, plus question de se laisser aller ; les blondes sont dangereuses, même un ministre doit s'en méfier.

Demain matin, grasse matinée avant d'aller retrouver Laura et le chien Achille, Villa Borghese. Pas de longueurs… bonheur.

Dernier chapitre

« Rendez-vous le 14 juillet, bouquet final au Royal. »

L'histoire commençait à se faire longue... lassante... Du sur place, des sursauts de passion, des rendez-vous aléatoires, des volontés impossibles à satisfaire. Une vie défaite, décousue, de déséquilibres qui entraînaient d'autres déséquilibres. La rivière pouvait être longue, et Marianne, se laisser porter ainsi longuement par le courant d'événements qu'elle ne maîtrisait pas. Et la vie s'écoule, les mois et les années passent, les rides se creusent, les traits deviennent amers... Cette chronique annoncée faisait peur à Marianne. Il était urgent d'y couper court. Nécessité impérieuse désormais d'une date finale. Seule Marianne pouvait le décider. Elle ne pouvait plus consacrer sa vie à attendre un miracle, tels les grands désespérés.

L'été avançait. Marianne était seule à Paris, ses enfants partis en vacances. Libre de ses mouvements, libre dans son lit le soir de ressasser ses pensées tristes, libre d'être seule, profondément, cette solitude qui assomme, met à terre. Cette date serait le 14 juillet. Date symbolique. Ça aidait, les symboles. Pour fixer dans la mémoire.

Le 14 juillet sous les feux de l'été. Une date butoir derrière laquelle la porte se refermerait ou s'ouvrirait. Définitivement. Irrémédiablement.

Ce soir, ils ont convenu de se retrouver à Évian. Au bord de l'eau. Marianne aura réservé une table sur la majestueuse terrasse de l'hôtel Royal, surplombant cet immense et magnifique lac. La plus grande étendue d'eau du continent, froide et fermée. Ensuite Marianne s'installera, elle commandera du champagne, Roederer, Deutz ou encore Billecart Rosé. Tiercé gagnant, l'un ou l'autre, peu importe. Il fera chaud. Lourd même. L'humidité du lac envahira l'air ambiant en créant une atmosphère tropicale. L'air sera immobile. La terrasse est grande, bordée de mille fleurs en rouge et blanc. Beaucoup de géraniums pour éloigner les moustiques qui pourraient importuner les clients fortunés et méritants. Perfection de ces lieux jusqu'à la maîtrise de la nature. Des insectes, oui, mais un peu plus loin, s'il vous plaît.

Marianne arrive à 20 h 30 à la table réservée pour deux. L'heure idéale, celle où le soleil réapparaît derrière le toit pointu qui surplombe la terrasse pour aller ensuite se poser sur le lac avant de disparaître derrière la montagne du Jura suisse. Les rayons de ce soleil couchant viennent caresser la crinière blonde de Marianne d'une lumière chaude. Comme un projecteur dirigé sur elle pour mieux la distinguer parmi les tables. Une auréole devant éclairer le chemin de Matts jusqu'à elle. Une fois encore, et plus que jamais, le temps est compté. Parce que ce qui manque aux amants c'est le temps. Ces moments de grâce sont toujours éphémères. Savoir saisir l'instant qui se présente, comprendre qu'il est unique. La magie de l'image captée par un objectif pour la livrer à l'éternité. Marianne et Matts l'ont toujours su. Dernier rendez-vous de l'histoire.

Marianne est belle ce soir, malgré sa tristesse profonde, sa solitude. Besoin d'être belle ce soir pour se sentir plus forte, plus sûre. Seule la confiance en soi aide à affronter les épreuves. Bronzée, elle a osé le chemisier en soie bleue, très décolleté, dégageant les épaules, avec un simple bouton pour feindre de fermer l'échancrure. Laisser entrevoir, cacher ce qui ne saurait être vu mais qui n'est au fond qu'un appel à la tentation. En cette occasion pourtant, il n'y a personne à séduire. Pas de Matts à reconquérir.

Comme à l'aube de chaque grand événement de la vie, l'angoisse monte. Elle saisit Marianne. Elle a le regard perdu, les mains crispées, les jambes qui tremblent sous la table.

Les assiettes dorées sont vides, elles aussi dans l'attente. La première coupe est bue; elle en demande aussitôt une deuxième. Elle a soif. Marianne dit au maître d'hôtel qu'elle attend quelqu'un. Il n'est pas encore temps de prendre la commande. D'ailleurs, elle n'a pas faim. Heureusement, ce soir du 14 juillet, le service traînera un peu en longueur pour attendre le feu d'artifice. Les serveurs sourient à Marianne, l'entourent de mille attentions. Farandole de dégustations apéritives: herbes du jardin sur canapé, œufs de saumon et leur mini-blini, feuilleté à l'anchoïade… Du noir, du rose, du vert, la table s'égaye, prend vie.

— Tout va bien, madame ?

Non, tout va mal ; il faut juste le vivre, ce moment. Un acte symbolique pour amorcer le deuil. Un enterrement sublime pour cet amour, digne de lui.

Marianne attend, mais elle sait déjà qu'elle n'attend plus. Pour la scène uniquement. Pour tenir son rôle jusqu'au bout. Matts n'arrive pas, ne donne pas signe de vie, aucun message. Le téléphone est là sur la table, muet, inutile. Il dort, il est presque mort. Pas de SMS pour le réveiller de son coma. Marianne attend encore.

Seul le champagne se manifeste pour offrir quelques bulles de légèreté et lui tenir compagnie. À l'attente désespérée s'ajoute alors l'inquiétude. Si Matts n'avait pas eu l'intention de venir, il aurait trouvé un moyen de le lui dire. Il lui est arrivé quelque chose sans aucun doute. Leurs âmes sont à ce point liées, c'est l'instinct animal de Marianne qui parle et repère le danger.

L'ivresse la gagne peu à peu. Toujours à jeun, il est temps de passer la commande. Manger. Un peu de solide pour absorber le liquide. Elle voudrait une daurade royale accompagnée d'un caviar d'aubergine. La nuit est là ; claire. Le lac est constellé de petits points lumineux jaunes. Les bateaux d'Évian et de Lausanne se rejoignent pour être aux premières loges. Convergence de la rive sud et de la rive nord au milieu du lac. Il est 22 heures, l'heure du feu. Une grosse barge flottante s'apprête à le tirer. Une pluie de poussière d'étoiles tombée du ciel pour illuminer Marianne. Bouquet d'étincelles envoyé par son homme. Le dernier bouquet. Ce soir, celui de l'au revoir.

Les anges messagers apportent la nouvelle. Matts ne viendra pas ce soir. Il le voudrait, mais ne peut pas. Comme depuis le début de l'histoire.

En plein élan vers Marianne, brisé.

Il a été foudroyé par la maladie. Tel l'éclair, elle s'est abattue sur lui sans prévenir. Son mal à dire, son mal à venir est devenu le pire des maux, la maladie, celle qui dévore, s'en prend aux poumons, au souffle vital. Matts ne peut plus respirer. La fièvre est montée très vite. Il fait très chaud en ce 14 juillet.

Il était prêt. Et puis tout à coup il n'est plus maître de lui-même. Une infection grave s'est emparée de son corps. C'est elle qui va décider pour lui et le conduire jusqu'à une destination imprévue : l'hôpital, pour être mis sous assistance respiratoire quelque temps. Son portable ne l'accompagnera pas.

Marianne sait déjà qu'elle est abandonnée, laissée dans sa solitude. Une fois encore. Elle est là, immobile, comme paralysée. Pas de larmes, non, il n'est plus question de pleurer mais de comprendre. Ses yeux sont livrés au ciel, elle contemple la voûte noire piquetée de lumières. Et puis tout à coup, avec la fulgurance d'une étoile filante, elle saisit le message qui lui a été envoyé ce soir et qui devient lumineux. « Oui, Marianne, tu es face à toi, et Matts ce soir te rend ta liberté. Ta liberté d'être toi-même, sur ton propre chemin. En ne venant pas, il t'offre les clés pour te libérer de votre emprisonnement. »

Non, Matts n'est pas venu et ne devait pas venir. Ils le savaient au fond tous les deux. Mais Matts n'a pas fait exprès, Marianne non plus. Il ne l'a pas voulu, elle non plus. Et tout est mieux ainsi désormais.

Elle aurait envie de se saisir de son téléphone et de lui écrire un dernier SMS.

« Matts, merci. »